僕たちの月曜日

彩瀬まる／一穂ミチ／小山 健／
夏川草介／古市憲寿
吉田大助＝編

角川文庫
23500

目次

ダリア・ダイアリー

夏川草介

夏川草介（なつかわ　そうすけ）
1978年大阪府生まれ。信州大学医学部卒業。長野県にて地域医療に従事。2009年『神様のカルテ』で第10回小学館文庫小説賞を受賞しデビュー。同作は10年に本屋大賞第2位となり、11年には映画化もされた。著書に『神様のカルテ2』『神様のカルテ3』『神様のカルテ0』『新章　神様のカルテ』『本を守ろうとする猫の話』『始まりの木』『臨床の砦』『レッドゾーン』など。

桂正太郎《かつらしょうたろう》は、身じろぎもせず立ち尽くしていた。

研修医生活が始まってすでに半年、冷や汗を搔《か》くような事態も何度か経験していたが、こういう緊張感は初めてのことだった。

時刻は深夜の一時、場所は内科病棟のスタッフステーションである。

廊下の照明はすべて夜間灯に切り替わり、ステーション内だけが皓々《こうこう》と白い光に包まれている。

その片隅に立つ桂の前にゆったりと腰を下ろしているのは、指導医である循環器内科の谷崎《たにざき》だ。向かい合うように、先刻駆けつけてきたばかりの患者の家族が座っている。

「何度も申し上げたとおり、村田《むらた》さんは八十二歳という高齢です。このまま看取《みと》ってあげた方が、ご本人も楽だと思います」

谷崎の淡々とした声が、何やら不必要に大きく聞こえた。患者の妻に当たる老婦人とその娘の二人が、どちらからともなく顔を見合わせたが、すぐには声は出なかった。

「でも先生」とようやく震える声を発したのは、老婦人の方である。

「おじいさんが入院したのはほんの一週間前です。それまでは元気だったんです」

「よくあることだと思います」

谷崎のあまりに静かな返答に、桂はひやりと背筋が寒くなる。

「ついこの前まで元気だったからこれからも元気だ、と考える方が不自然でしょう。まして村田さんはもともと重症の心不全がありました。こういう事態は想定の範囲内です」

年老いた婦人の顔から血の気が失われていくのを見るに堪えかねて、桂は、すぐ傍らのモニターに視線を動かした。

隣の重症室にいる村田さんのバイタルを示したモニターだ。

収縮期血圧82、脈拍36、SpO_2 82パーセント……。

すべてが極めて危険な数値を示している。そばにいる看護師が気を遣ってアラームを消しているから静かだが、設定を戻せば、たちまちけたたましい電子音がステーション内に響き渡るに違いない。

「でもお父さんはすごく元気だったんですよ。急に看取るようにと言われても納得できません」

口を挟んできたのは、娘に当たる中年女性だ。

呆然《ぼうぜん》としている老婦人と異なり、こちらの女性は、語調に微妙なニュアンスが含まれている。父親の急変に対する、ささやかならざる不信の響きだ。

「もう少し何かできることはないんでしょうか？」

「医療は万能ではありません。点滴と酸素でこれまで通りの治療を続けて、それでだめなら看取るしかありません」

「でも先生は先ほど、抗生剤も昇圧剤も使わないとおっしゃいましたが、やればもう少しくらいがんばれるということですよね？」

「お若い方であれば選択肢にもなりますが、村田さんの場合は意味がありません」

あくまでも落ち着き払ったその口調は、この場合、どう考えても的確な話し方とは柱には思えなかった。けれども谷崎は、慰めやいたわりの言葉といったものを、まとめて医局のデスクにでも置き忘れてきたかのごとく、超然たる態度を微塵《みじん》も変えることがない。

「最近まで元気だったということは、苦しむ期間が少ないということです。ご本人にとっては幸せなことだと思います」

娘は、返す言葉も出てこないまま沈黙した。

後ろにいた看護師が、見かねたように歩み寄り、気遣いの言葉をかけている。声をかけつつ、ちらりと主治医へ走らせた視線には、少なからず険悪なものが含まれている。

もう少し別の言い方はできないのか。そんな訴えの視線だが、鉄のごとき指導医は眉《まゆ》一つ動かさない。

「最期の大事な時間です。そばにいてあげるのが良いと思いますよ」

口調も内容も穏やかであったが、それはつまり会話を打ち切るという合図でしかなかった。

老婦人は小さな肩を落としてうなだれ、やがて、看護師と娘の手を借りて立ち上がると、魂が抜けたような調子で、すぐ向かい側の夫のいる病室に吸い込まれていった。

再びもとの静寂に戻ったステーションの片隅で、バイタルサインを表示するモニターは、生真面目に赤い明滅を続けている。

ふいにカタカタと乾いた音が響いたのは、谷崎が説明内容を電子カルテに入力し始めたからだ。

いびつな沈黙の中、桂は恐る恐る口を開いた。

「あの、谷崎先生……」

「なんでしょうか、桂先生」

ゆっくりと椅子を回転させて振り返った指導医は、穏やかな微笑を浮かべていた。

「本当に、このままお看取りですか？」

「お看取りです。八十二歳の心不全患者ですよ。余計なことはしないのが私の方針です」

「ですが」と桂が食い下がったのは、なにか特別な信念があったからではない。せいぜいが、研修医ならではの怖いもの知らずの勇気ということであろう。

「もちろん僕も、人工呼吸器や透析が正しい選択だとは思いませんが、もう少し追加できる治療はあると思います。昇圧剤もそうですし、何よりも今は酸素さえ、マスクで3リットル流しているだけです。10リットルくらいまでは簡単に増やせるのに……」

「先生は一年目の研修医でしたか？」

唐突な質問に、桂は戸惑いがちにうなずいた。

「私が一年目だったころとは大違いですね。大変優秀で立派だ」

微笑とともに、軽く自分の顎《あご》に手を添えながら、

「おまけに度胸もある。二十年先輩の指導医に向かって、こんなにはっきり意見をするんですから」

どっと冷や汗の噴き出す桂を、谷崎は楽しそうに見守りながら、「冗談ですよ」と笑っているが、どこまで冗談かわかったものではない。

ただ、老練な上級医の浮薄な態度が、かえって若い研修医を刺激したことは確かであった。桂は胸の内の引っかかりを、遠慮の箍《たが》を外して吐き出した。

「患者さんの治療方針を決めるのは、患者さん本人か、それが難しい時は家族であるべきだと言います。先生の説明では、少し強引過ぎるように感じるんです」

「なるほど、では仮にご家族が、人工呼吸器と人工透析と人工心肺を希望した場合はどうしますか。どこまでもご家族の希望に従って突き進むことが、模範的な医師の態度ということになりますか」

「それは……」

桂は言い淀《よど》んで、口をつぐんだ。

大きく踏み込んで突き出したはずの渾身《こんしん》の一撃は、あっさりかわされて、虚空を泳いだ形だ。指導医の論法はあまり真っ当なものではないが、そこには確かに微妙な問題が含まれている。そのことを直感したために、桂は容易に応じることができなかった。

言葉を失う研修医を、谷崎は笑顔で見守りつつ、

「まあ、議論はまた別の機会にしましょう。今は深夜の一時半です。おそらく村田さんが逝くのは明け方ごろ。そのあと仮眠をとっても八時には診療会議で九時からは外来が始まります。四十を過ぎると徹夜がひどく応《こた》えるものですから、今は休息を優先しませんか」

提案の形をとりながら、それは提案ではなかった。

その証拠に、谷崎は、返事も聞かずに立ち上がっていた。

「おやすみ、先生」

さらりと告げてステーションを出て行く指導医を、なかば呆然として桂は見送るしかない。

〝大変なところに来てしまった……〟

それが桂の率直な感想であった。

桂が、内科部長である三島《みしま》の突然の呼び出しを受けたのは、梓川病院で研修をはじめて半年が過ぎた頃だ。七月から始まった消化器内科研修もまもなく三か月となり、晩夏の安曇野が日ごとに秋色に染まり始めた、九月下旬のことであった。

「十月からの研修の件で、君を呼んだ」

大きな部長机の向こうに、書類に埋もれるようにして小さな体軀《たいく》が見え隠れする。消化器内科を回っている桂にとっては、現在の直接の指導医でもあるのだが、ただでさえ強面《こわもて》の三島は、内科部長として大きな机の向こうに座っていると、いつにもまして迫力がある。

「君の消化器内科研修は九月で終了になる」

桂はとりあえず姿勢を正した。

わかりきったことでも、三島の重々しい口調で告げられると、何か極めて重大な宣告を受けているような気になる。

「先生の希望は、引き続き内科の研修ということだったね」

「はい、将来は内科を希望していますので、できるだけたくさんの内科を見たいと思っています」

「内科部長としては、とても嬉《うれ》しい言葉だ」

にこりともせずそんなことを言った。

もっとも、〝できるだけたくさんの内科〟と言っても梓川病院にあるのは、消化器内科のほかは、呼吸器、腎臓《じんぞう》、循環器の、合わせて四科だけである。

「消化器内科は終了だから、他の三科から選ぶことになるわけだが……」

三島は手元の書類を見て眉を寄せながら、

「しかし実際は選択肢があるとは言い難い。呼吸器は、院長の遠藤《えんどう》先生の領域だが、さすがに院長は研修医の指導をしているほどの余裕はない。腎臓内科は君も知っての通り、君の同期の川上《かわかみ》先生が研修中だ」

「では循環器内科ということになりますね」

桂の問いに、しかし三島は口をつぐんで返答をしなかった。なんとなく逡巡《しゅんじゅん》の気配があるが、そうだとすればずいぶん珍しい事態だ。

「谷崎先生が、独特な先生であることは知っているかね？」

つかみどころのない問いである。

桂は首を傾げるしかない。

「もちろん谷崎先生は循環器内科二十年目のベテランで、たくさんの患者も抱えているから、研修の環境としては悪くはないはずだ」

果断と言われる『小さな巨人』が相変わらず妙な言い回しをしている。

「何か問題があるのですか？」

思わず問うた桂に対し、三島は手元の書類を睨《にら》みつけたまま、

「彼はもともと、当院で研修医を受け入れることに反対していた。こんな小さな病院で将来有望な若者の教育を中途半端に引き受けるべきではないとね」

「つまり谷崎先生の方が、研修医が来るのを断るということでしょうか？」

「そうではない。必要なら使ってもらってよいと、すでに確認済みだ」

何が言いたいのかよくわからない。歯切れの悪い会話である。

困惑したまま立っている桂を見て、三島はいつも以上に重々しい口調で、

「先ほども言ったように、谷崎先生は独特なドクターだ。君のような生真面目な青年を送り込むには、年長者として少なからず不安がある」

独特と言うならこの病院の医師はみな独特だ、と桂はなんとなく胸の内でつぶやいてみたのだが、その声がまるで直接聞こえたかのように、三島は目元をかすかにゆるめた。

「君はただ生真面目なだけでなく、存外に度胸が据わっている。こういう事柄も良い経験になるかもしれないね」

意味ありげなつぶやきとともに、三島は手元の書類にサインをした。

「困ったら、いつでも相談に来なさい」

そんな言葉に、桂はとりあえず深く一礼した。

もちろんこの時の桂に、後に起こる修羅場が予期できたはずもない。

三島が何を案じていたのか、循環器内科研修が始まってわずか数日で、桂は思い知らされるのである。

「リサーチ不足よ、桂先生」

爽《さわ》やかな声が、職員食堂に響いた。

そろそろ午後二時を過ぎようという頃合いの食堂は、それでもまだ食券やお盆を持ったスタッフたちが多く往来している。その片隅で、定番のA定食を食べながら、桂は華やかな笑みを浮かべた発言者を見返した。

「谷崎先生の評判なんて、有名でしょ。完全にリサーチ不足」

くるくるとフォークで器用にパスタを巻きながら言ったのは、看護師の月岡《つきおか》美琴《こと》である。

美琴は内科病棟の勤務であるから、この三か月間消化器内科で研修していた桂は何かと助けられることが多く、いつのまにかもっとも親しいスタッフのひとりとなっている。まだ三年目の看護師ながら、物怖《ものお》じしない性格で、フットワークも軽い。要するに桂の目から見れば、一年目研修医の自分などよりはるかに有能だ。

「谷崎先生の評判？」

唐揚げをかじりながら問う桂を、美琴はほとんど呆《あき》れ顔で眺めている。

「いくらかでも先に相談してくれれば、谷崎先生の下につくのは止めた方がいいって教えてあげたのにね」

「そんなに？」

驚く桂に、美琴は少し声を落として続ける。

「八十歳越えた患者は、全身状態にかかわらず、みんな看取りに持っていくって、有名な先生なのよ。もともと高齢の心不全患者さんが多いから、できることがあんまりないっていうのは本当だけど、それにしても点滴とか酸素でさえ最低限しか使わないで、どんどん看取っていくの。ついたあだ名が『死神の谷崎』」

桂は思わず飲み込みかけた唐揚げを噴き出しそうになる。

「病院で死神はひどいよ」

「死神がひどいんじゃなくて、谷崎先生がひどいのよ。ご家族がもう少しなんとかしてほしいって言っても絶対に取り合わないで、〝意味がありません〟の一点張りなんだから。いつかトラブル起こすんじゃないかってみんな気をもんでるわ」

三島の微妙な反応の意味を今になって思い知らされた形だが、すでに遅い。深々と桂がため息をつくのを、美琴は気の毒そうに見返す。

「大丈夫？」

「大丈夫かどうかはわからないけど、とりあえずがんばるよ。どっちにしても一か月間の短い研修なんだから」

自分を励ますように、そんなことを答えたところで、ふいに別の声が降ってきた。

「あらあなたたち、院内で公然とデートなんて、度胸あるわね」

二人が同時に顔を上げると、立っていたのは病棟主任看護師の大滝《おおたき》である。美琴の直接の上司であるとともに、内科を回っている桂にとっても頼れる病棟の司令塔だ。

大滝は、空いてる？　と隣の席を示しつつ、返事も聞かずよっこらしょと腰をおろした。お盆の上には、「A定食、ご飯大盛り」がある。

「別にデートじゃありません。食堂の入り口で偶然一緒になっただけです」

抗議をする美琴を、大滝はにやにや笑いながら、

「デートでもないのに一緒に食事なんて、ますます度胸があるわね。男ってすぐ勘違いするから気をつけなさい。もっともそれが目的なら、作戦続行でかまわないけど」

「主任！」と頬を上気させて制止を試みる美琴だが、いかんせん器が違いすぎるのは、桂から見ても一目瞭然だ。大滝はどこ吹く風の悠揚たる態度で、すでにご飯を頬張り始めている。頬張ったままで、今度は桂へ視線を向けた。

「診療会議での雄姿、聞いたわよ、花屋さん」

にわかに矛先を向けられた桂は気まずい顔で、頭に手を当てた。

「相変わらず情報が早いですね」

「それが看護部の強みだもの」

笑う大滝に、「雄姿？」と怪訝《けげん》な顔をしたのは美琴の方だ。

「何かやったの？」

「やったってわけじゃないんだけど」

桂としては、自ら説明しにくい一件であった。

大滝は、顔を伏せる桂の肩をぽんぽんと叩《たた》きながら、

「〝研修医桂の反逆〟って、もう病院の上の方じゃ持ちきりよ」

事情の呑《の》み込めない美琴に、大滝は愉快そうに説明をくわえた。

今朝の診療会議での話だ。

診療会議は、二週間に一度院内の医師全員が集まる会議で、そのつど様々な議題が取り上げられるのだが、今朝、議論になったのは、見舞いの花束に関する問題であった。

「花束？」

「最近、都市部の大型病院だと患者へのお見舞いの花束を禁止している所が増えてるの。匂いとか感染症とかいろんな問題があるらしいんだけど、実態はまだはっきりしていないわ。ただ面倒事が起こる前に、うちでも早めに対応しておこうって、院長の遠藤先生から提案があったわけ」

「いかにも〝事なかれ主義〟の院長先生ね」

美琴の返答もなかなか厳しいものだが、看護師たちの間では『事なかれの遠藤』というのがごく一般的な通り名になっている。

「なるほど、花屋育ちの桂先生としては黙っていられなかったわけだ」

「そーゆーこと」

議題はまことに何でもないことのように提案され、医師たちの反応も無関心そのものであったから、あっさり採択されかねない雰囲気であったが、桂にとっては聞き捨てならない話であった。そうして聞き捨てならないと思ったときには、挙手とともに立ち上がっていたのである。

何を話したか、今となってはあまり記憶は鮮明ではない。

ただ、花というものがどれほど人の心に癒《いや》しを与えるものであるか、それを安易に取り上げることは、軽挙に過ぎるのではないか、そういった内容を切々と説いたことだけは確かだ。

会議室が静まり返ったのは、無論一同が桂の熱弁に胸を打たれたからではない。いきなり会議室の隅から立ち上がって、院長の提案に全力で反論する一年目の研修医の姿に呆気《あっけ》にとられたというのが実情である。

結局議題そのものについては、引き続き検討ということで一旦《いったん》先送りとなって終了したのだが、病院上層部の間で、花屋育ちの研修医が一躍時の人となったことは確かであった。

「やらかしたわけね」

「徹夜明けだったんだよ」

呆れ顔の美琴に、桂は精一杯の言い訳を試みる。

「昨日の夜に急変した村田さんが明け方に亡くなって、ほとんど寝ていなかったんだ。やっぱり睡眠不足はダメだよ」

「睡眠不足はダメだけど、反論したこと自体はダメじゃないわ」

大盛りのご飯をおおかた平らげた大滝は少し口調を穏やかにして言う。

「意外に桂先生と同じ意見の人も少なくないのよ。『カシオペア』の和歌子《わかこ》さんなんて、ほとんど泣きそうになりながらあなたに感謝していたんだから」

『カシオペア』というのは、病院の正面玄関脇にあるフラワーショップの名前で、和歌子さんというのはそこの店長を務める五十代の女性である。病院玄関を通るたび、なんとなく店の前に立ち止まって花を眺めることが多かった桂は、少しずつ和歌子店長と言葉を交わすようになり、今では花の入荷量や時期について意見を求められることもあるくらい親しくなっている。

「和歌子さんが喜んでくれているなら、何よりです」

「そういうこと。だいたい上の決定がいつも正しいとは限らないでしょ。人に感謝されることをするって、それだけでとても意味があるんじゃないかしら」

大滝は流れるように話しながら、食事の速度も変わらない。しかも話す内容は、世間話の体を取りながら、桂に対する自然な気遣いを含んでいる。

できる主任というのはこういう人を言うのだろうと、どうでもいいことを考えているうちに、大滝が箸《はし》を置いた。

「さて、昼が終われば午後の仕事再開よ」

気が付けば、大滝の盆の上の皿も茶碗《ちゃわん》もことごとく空になっている。

「桂先生も徹夜明けなんだから、無理はしないでね。ま、弱音や愚痴は月岡に言えば、ない胸貸してくれるわよ。あ、これってセクハラになるんだっけ?」

「主任!」

美琴の抗議の声を笑顔で一蹴《いっしゅう》し、大滝は立ち上がった。

午後の業務の開始である。


医師という職業は、徹夜明けだからといって休みが用意されているわけではない。

医師免許をとって六か月が過ぎ、桂はその過酷さを痛感していた。

当直明けはもちろんのこと、夜間に患者が亡くなればお看取りのために呼び出され、それで睡眠不足になったからといって、代わりの休みが舞い降りてくるわけではない。

夜通し働いたまま朝が来れば、午前は外来、午後は病棟、夕方には谷崎との回診が待っている。その回診もようやく終えて、電子カルテに向き合うころには、時計の針は午後六時を回っていて、連続勤務三十六時間を超えているというわけだ。

ちなみに病棟の最後の仕事であるカルテの記載は研修医の役目である。桂は必死にキーボードを叩き続けるのだが、まだ関わって日の浅い患者たちのカルテであるから、普段以上に手間がかかって、時間だけはなお過ぎていく。

モニターを睨みつける桂のすぐ横で、さすがの谷崎も大きく長くあくびをした。

「あの……」

と桂は遠慮がちに指導医を顧みた。

谷崎は、両手を頭の上に組んだまま、軽く首を傾げてみせる。

「あと二人のカルテでおしまいですから、先生は先に帰っていただいて大丈夫です」

「おや、それはありがたい気遣いですね。先生のカルテ記載があまりに遅いから、指導医に対する嫌がらせをしているのかと思っていましたよ」

にこやかにひどいことを言う。

ぐっと言葉につまる桂を、谷崎は楽しげに見返しながら、「冗談ですよ」と笑っている。

何となく谷崎の立ち回り方が見えてきているが、無論桂は一緒になって笑う気にはなれない。

「昨夜は結局ほとんど徹夜になりましたからね。先生もさすがにくたびれたでしょう」

村田さんが旅立ったのは朝の四時であるから、わずか半日前のことだが、もうずいぶん前のことのような気がしている。

「村田さんの奥さん……、泣いていらっしゃいましたね」

ふとこぼした桂の声に、谷崎はわずかに目を細めた。

「娘さんもとても残念そうでした」

「まあ、残念でしょうね」

「酸素の増量、昇圧剤の使用、ほかにもできることはあったように思います。本当にあれで良かったのでしょうか」

質問のような、独り言のような桂の言葉に、谷崎はすぐには答えなかった。

沈黙のまま、スタッフステーション全体を見回すように、椅子をゆっくりと回転させていく。

夕食の時間に入った病棟は、日勤と夜勤の看護師たちが入り乱れて相応に多忙である。その日の記録を端末に入力している者、食事介助やラウンドに出て行く者、明日の点滴や投薬の準備に追われている者。ときどき不必要に陽気なメロディでナースコールが鳴り渡ると、担当の看護師はため息交じりに作業を中断して出て行く。

夜の病棟は大学病院も梓川病院もさして変わらない。

「この病棟の中にも、あなたと同じ意見の看護師がたくさんいると思いますよ」

谷崎は椅子を一回転させて、桂の正面に戻ってきた。

「それを黙殺して我が道を進んでいるから、私は評判が悪い。先生の耳にだって、噂のひとつや二つは入っているでしょう。『死神の谷崎』のね」

桂は答えられない。答えられないことがこの場合は肯定を意味してしまうことがわかっていても、答えようがない。

ゆえにやや強引に話を進めた。

「たしかに八十二歳のお年寄りに、人工呼吸器をつけるのは、僕も行き過ぎだと思います。けど酸素を増やすくらいは、患者にとっては苦痛もない処置ですし、点滴をしぼらずにもう少し続けていれば……」

「私は死神ですよ。そんなにがんばって助けてどうするんですか」

桂はさすがに絶句したが、すぐに谷崎は笑顔のまま決まり文句を付け加えた。

「冗談ですよ」

「冗談で言っていいことと悪いことがあると思います」

いくらか上ずった桂の反論に、さすがに指導医は微笑のまま沈黙した。

そのまま谷崎は、足を組みつつ、病棟の廊下の方へ視線を投げかけた。

丁度エレベーターが開いて、黒い服に身を包んだ二人組の男性が、白いストレッチャーを押して出てきた。ステーションの前で看護師と短く言葉を交わし、病棟の奥へと通り過ぎていく。患者さんが誰か亡くなったのであろう。

これもまた病院の有り触れた光景のひとつだ。

「あなたの言うことは正論です」

谷崎はディルームを見つめたまま、ごく穏やかに口を開いた。

「けれども正論だけではうまくいかないことが世の中にはたくさんある。特に医療の領域はね。理想と正論ばかりが溢《あふ》れて、誰も現実を見ようとしない」

「どういう意味でしょうか?」

「私が医者になったころはね、医療というものは、どんな患者にも全力を尽くすことが当たり前でした。人の命は地球より重い、そんなご立派なスローガンを掲げて、誰もが脇目も振らず疾走していたんです。でももうそういう時代ではないんですよ」

谷崎は微笑を浮かべたまま、ゆっくりと首を左右に振る。

「我々はもう、溢れかえった高齢者たちを支えきれなくなっている。人的にも経済的にもね。二十年前と同じことを続けていれば、医療という大樹は、やがて根腐れを起こして倒れてしまうでしょう。倒れた大樹の下敷きになるのは、今懸命に高齢者を支えている若者たちです。彼ら次の世代の医療を守るためにも、枝葉を切り捨てていかなければいけない時代だ」

想像もしなかった言葉に、桂は呆然として指導医に目を向けた。

それを見返す谷崎の瞳《ひとみ》は、感情の読めない凪《なぎ》のような静けさを湛《たた》えていた。口元には相変わらず笑みがあるが、それもまた桂の知らない森閑とした空気に包まれていた。

我に返った桂が、思わず辺りを見回したのは、他人に聞かれるべき話ではないと思ったからだ。幸いステーションの片隅で相対している二人の医師にわざわざ注意を払うほど、暇な看護師もいない。

「すごく……危険なことを言っているように思います」

「そうですね。こういう余計なことを話してしまうから、研修医を引き受けるのは嫌だったんですよ」

谷崎の表情は微塵も変化しない。

どこまでも穏やかな微笑。

遠目には、指導医が研修医を優しく諭しているだけにしか見えないに違いない。

さて、と谷崎は落ち着いた物腰で立ち上がった。

「どうも睡眠不足だとしゃべりすぎてしまうようですね。年寄りの寝言です。忘れてください」

気軽に告げて、谷崎はステーションを出て行った。

椅子に座り込んだまま、桂は身じろぎもせず見送るばかりだ。

なおしばらく絶句したまま座り込んでいるうちに、脳裏になんの前触れもなく月岡美琴の笑顔が降ってきて、おおいに桂は当惑した。

点滴を片手に、手際よくラウンドをしたり、車椅子の患者に笑顔で話しかけている美琴の姿が脈絡もなく再生される。

「疲れてるんだな……」

桂の小さなつぶやきに、通りすがりの看護師が怪訝そうな目を向けたが、そのまま足早に通り過ぎていった。

桂は朝が苦手である。

学生時代からのことで、朝九時の講義に出るのもやっとであったから、ほとんど遅刻の常習犯だったのだが、医者になるとそんなことも言っていられない。

朝八時にはカンファレンスが始まるが、その前に病棟回診を終わらせておくためには、七時半には病院に到着することが必要だ。逆算していくと、朝七時十五分にはアパートを出発することになる。

アパート自体は病院の宿舎であるから、徒歩十五分でたどり着ける好位置にあるのだが、気温の下がってくるこの時季には、そのわずかな距離をも車で通う職員が多い。しかし桂は基本的には徒歩で通い続けている。

格別の哲学があるわけではなく、アパートから病院まで、ゆるやかな斜面を横切る水路沿いの歩道が気に入っているという単純な理由からだ。

舗装もされていない小道は、季節によって驚くほどその景色を変える。

初めて歩いた春は、野花の咲き乱れる色鮮やかな道だった。松本盆地の中でも若干標高が高く気温の低い病院周辺は、桜の盛りがゴールデンウィークの最中で、追いかけるように咲く山吹《やまぶき》や連翹《れんぎょう》の黄と交じって実ににぎやかであった。

初夏には、木々が青々と生い茂り、山法師《やまぼうし》の大木がひときわ鮮やかな白い総苞《そうほう》を光らせる。道端には誰が世話をしているのか、色とりどりの菖蒲《あやめ》の花が開花して、まことに見応えのある野道となる。

秋口に入るとにわかに景色は色を失っていくのだが、いくらか小高い場所にある小道からは秋桜《コスモス》畑の広がった安曇野を望むことができ、振り仰げば山々が青と赤と黄の紅葉でにぎわって、最後の色彩を楽しませてくれる。

まったく桂にとっては、早朝のこの出勤時間がもっとも楽しい時間でもあるのだ。

あるとき何かの拍子にそんな話を美琴にすると、

「実家に花が山ほどあるのに、まだ見飽きないの？」

そんな風に笑われたものであった。

なんの機会にそんな話をしたのだったかと記憶を探りながら病院に着いた桂は、正面玄関脇のフラワーショップの店先に、当の美琴本人を見つけて足を止めていた。

『カシオペア』の看板の下、私服姿で和歌子店長と話し込んでいる。

桂が声をかけ損ねたのは、黒のハイネックにグレーのロングパンツという見慣れない大人びた雰囲気に気後れを感じたからだ。看護師姿以外を目にする機会は一度も無かったのである。

黙って通り過ぎるべきかと迷っているうちに、美琴の方が気づいて先に手を振ってきた。

「ちょうど良かったわ、桂先生」

「良かった？」

「相談があるのよ。お見舞いの花の件。ちょうど和歌子さんと相談していたの」

生き生きとした笑顔に引き寄せられるように桂は歩み寄る。

エプロン姿の和歌子店長は、桂に気づくとまるで待ちわびた孫の顔でも見つけたように嬉しそうな顔で口を開いた。

「桂先生、ありがとうね。お花の件、禁止しようとしている院長先生と闘ってくれているって聞いたわ」

闘っている、というほどのことは何もしていない。ひどく話が大きくなっているのではないかと桂は慌てたが、先方はお構いなしだ。

「私だってね、先生。何年も病院で花屋をやっているんです。別に、お店の経営とかそんなことじゃなくて、ただ心細くて辛《つら》い思いをしている患者さんたちから花を取り上げるなんて、あんまりひどいと思いますよ。でも偉い先生たちは誰もそんな問題に興味を持ってくださらなくて、このままダメになっちゃうのかと思っていて……」

ほとんど泣き出しそうな顔である。

五十代もなかばという話だが、口早に花の話をする姿には無邪気な活力と朗らかさがあり、一見年齢不詳といった感が漂っている。

それにしてもこの場合、自分は「偉くない先生」ということになるのだろうかと、どうでもいいことを考えつつ、桂は口を開いた。

「自分なりの意見は言ったつもりですが、病院の方向性が決まっているなら、一年目の僕の意見で何か変わるものでもないと思いますよ」

「いいんですよ。一矢報いてやれればそれで私は満足」

「一矢？」

「そこで相談」と美琴が横から口を挟んだ。

意味ありげな笑みを浮かべて続ける。

「和歌子さんと色々考えたんだけど、このまま生花が禁止されるくらいなら、その前にあちこち病院の中を飾ってみようかって話をしていたの」

「病院の中を？」

「そうよ。だって正面受付とか、スタッフステーションのカウンターって結構花が飾ってあるけど、あんまり手入れが行き届いていないから、かえって冴《さ》えない感じでしょ。いっそ綺麗《きれい》に私たちで世話してみて、それで花がいいって思う人が増えれば形勢逆転になるかもしれないじゃない」

ずいぶん乱暴な発想に聞こえるが、一途《いちず》な店長と二人してすっかりその気になっているらしく、「花はここから持って行ってもらっていいからね」などと大変な勢いだ。

桂も、病院の外来や受付で、古くなった花瓶や枯れかけた花が目に入り、何度か勝手に花瓶の水を替えたりしたこともある。だから花の手入れに力を入れることには賛成だが、さりとてそういう行動を起こしたからといって、病院の方針が変わるともなかなか思えない。

桂としては言葉を選んで答えるしかない。

「アイデアとしては悪くはないと思うけど、僕にできることはないかもしれない。なんといっても、循環器の研修が始まってまだ二週間で、谷崎先生についていくのがやっとの状態だから」

「細かいことはいいのよ。全部私と和歌子さんでやるんだから。ただアドバイスが欲しいの」

「ずばりこの時季、一番映える花は何？」

いきなり直球の質問である。

たじたじとなりつつ、それでも『カシオペア』の店先に目を向けてしまうのは、桂の性分というものであろう。しかしそのタイミングでいきなり携帯電話が鳴り響いて、会話の流れを中断した。

慌てて出ると聞こえてきたのは、指導医の穏やかな声だ。

「はい、すいません、院内にはいますので、すぐ行けます」

携帯を切った桂の顔を見て、美琴がため息をつく。

「急変ね？」

うなずきつつ、再び店先に目を向けた桂は、一瞬考えてから口を開いた。

「ダリアがいいと思う」

「ダリア？」

「基本的には通年の花で、夏がひときわ目立つけど、花びらに張りが出て色が一番鮮やかになるのが今の時季なんだ。色は豊富だけれど、匂いはあまり出ないから、院内に飾るには一番いいと思うよ」

矢継ぎ早の返答に、美琴は目を丸くしている。

「本当に花屋さんなのね……」

そんな当たり前の言葉に桂は苦笑しつつ、フラワーショップに背を向けた。

「今度ランチおごるわ、がんばってね」

美琴の唐突な誘いに、桂が冷静にうなずくことができたのは、頭の中がすでに医師に切り替わっていたからである。


棚川《たなかわ》敦子《あつこ》、八十歳、認知症のために長らく施設に入所していたが、慢性心房細動に伴う心不全で、二週間前に入院。

利尿剤による治療を試みていたが胸水が増悪し、呼吸状態が悪化。今朝になって意識レベルが低下して、呼びかけに反応がないため主治医コール。

それが急変患者の概要である。

桂が病室に駆けつけたときには、すでに三人の看護師とともに谷崎の姿もあった。

「いやはや、今日も朝から死神は盛況ですよ」

谷崎の、どう考えても不謹慎なつぶやきに、看護師たちが棘《とげ》のある目を向けている。

桂は敢《あ》えて「お疲れ様です」などとどうでもよい声をあげて際どい空気を押し返しつつ、患者のそばに駆け寄った。

ベッド上には小柄なおばあさんが、見るからにぐったりとした様子で仰臥《ぎょうが》している。呼吸は不規則で弱々しく、時に鈍い痰《たん》がらみの音がしたかと思うと、ほとんど止まっているのではないかと思うほど静かになるときもある。

看護師のひとりが、検温表を持って歩み寄ってきた。

「昨夜までは特に変わりはありませんでした。昨日もご自分で夕食を召し上がっていたのですが、ついさっき朝食時間のラウンド時に、反応が悪いことに気づきました。SpO_2も低下傾向で、カヌラ2リットルで投与していた酸素を、マスクで5リットルまで増量したところです」

うなずきつつも、桂は型どおりの診察を進める。

眼瞼結膜《がんけんけつまく》、頸部《けいぶ》リンパ節をチェックし、胸部を聴診、腹部から下肢にかけて触診しながら、所見をまとめていく。

「両側肺に湿性ラ音があり、下肢の浮腫《ふしゅ》も増悪しています。昨日の昼から尿量も減っているようで、心不全の増悪と考えます」

顧みた指導医は、部屋の隅に悠々と立ったまま研修医を眺めている。

「おそらく心機能が低下したことで胸水が溜《た》まって、呼吸状態も悪化し、レベルが低下しているのだと……」

「君はやっぱり、優秀な研修医ですよ」

谷崎が場違いな笑顔でうなずいた途端に、非難するかのごとく警告アラームが響いた。

「SpO_2 82パーセントです」

看護師のいくらか上ずった声が病室に響く。見ている間にも呼吸状態はゆっくりと、しかし確実に悪化傾向だ。慌てて桂がベッドサイドの酸素流量計に手を伸ばしながら、

「酸素を増やします。7リットルに……」

「不要ですよ、桂先生」

冷ややかな声が遮った。

いくらか慌て気味だった病室の空気が、にわかに凍り付いたように凝固した。

谷崎は白衣のポケットに手を突っ込んだまま、静かにベッドの患者を見つめて告げる。

「この状態では救命は無理でしょう。酸素は増量せず、現在の5リットルで固定。点滴もラインキープのみを目的に時間20ミリリットル程度まで下げなさい。予定の抗生剤も中止です」

「谷崎先生……」

桂はそれ以上の言葉が出てこない。

もちろん周りの看護師たちも納得しがたい顔をしているが、当の主治医は意に介さない。

静かに患者に歩み寄ると、丁寧に全身の診察をして、顔を上げた。

「長くはないでしょう。家族を呼んでください」

静まり返った病室に、返事をする者はいない。

「聞こえないようなら、もう一度言いましょうか？」

さらに冷たさを増したその声で、ようやく看護師たちは動き出した。

ばたばたと病室内の空気が慌ただしくなる中で、桂は動揺と混乱とその他の複雑な感情が入り乱れたまま、指導医を見返すだけだ。

「先生、本当にこのまま何も処置しないんですか？」

「しませんよ。これで終了です」

「終了って……」

「もともと施設に入っていた重度の認知症患者です。闇雲に治療をして仮に命を取り留めたとしても、また施設に戻されるだけでしょう。潮時ですよ」

「でもさすがにそんな対応ではご家族も……」

「家族に細かいことを説明する必要はありません。一般的な治療は行った。けれども効果がなく救命できなかった。だから看取った。それで十分です」

あらゆる反論を駆逐する冷然たる声であった。

「しかし」と桂はようやく震える声を出した。

「やはり何かが、おかしいと思います」

「具体的にどうぞ」

指導医は聴診器を首にかけながら、促すように右手を開く。

「酸素5リットルを上限にして、点滴は外液一本のみ、利尿剤さえ増やさない。これが正しい治療でしょうか」

「未熟な質問ですね」

さらりと指導医は応じる。

「正しい治療などというものは世の中には存在しません。正義は常に主観と偏見の産物なのですから」

もはや議論の余地のない返答であった。


二十二分後に病棟に到着した棚川さんの家族は、かろうじて間に合った。

何の誇張もなく「かろうじて」という状態で、息子夫婦の到着時刻と死亡時刻の間にはわずか二分の差があっただけであった。

八十歳という年齢に余力などというものはまったくなかったようで、その旅立ちはあっけないほどに早かったのだ。

いまだ状況を呑み込み切れていない息子夫婦に対しては、谷崎の指示のもと桂が病状説明を行った。あらかじめ言われたとおり、一般的な治療を行って、効果がなかったから看取ったのだと。

五十を過ぎた息子は、さほどの動揺は見せなかったが、それでも急な経過に驚きは隠せないようであった。無念そうなその表情に、桂は息苦しくなるような圧迫感を覚えるばかりであった。

「谷崎先生」

桂が行き場のない感情を押し殺すように声を吐き出したのは、すでに病院全体が一日の業務を開始した朝九時前である。

桂は棚川さんの電子カルテを見つめたまま、すぐ背後に座っていた指導医に向かってさくれた声を投げかけていた。

「やはり、納得できないことがあります」

背後でゆっくりと足を組む気配を感じながら、桂は続けた。

「どうしても納得できないんです。先生が先日おっしゃった理屈はわかります。けれども現場の医師の判断で〝枝葉を切り捨てる〟医療をするなんて、普通じゃありません」

再び桂が投げかけても、今日の谷崎はなお沈黙のままであった。

ぱたぱたと廊下を看護師が足早に過ぎていく。おはようございます、という声は病棟にレントゲンを撮りに来た技師のものだ。

明るい陽射しのもと動き始めた病棟は、毎日毎日繰り返されてきた変わらぬ景色を、今日も飽きることなく再生している。

デイルームでぼろぼろとご飯をこぼしながら食べているおじいさん。車椅子に乗ったまま、ぶらさがった点滴ルートをいじっているおばあさん。ステーションから見える病室の中には、寝たきりで天井を見上げたまま身動きひとつしないお年寄りがおり、その人を世話しているのもすっかり腰の曲がったお年寄りだ。

シチューの入った皿が床に落ちる音、看護師の小さな悲鳴、鳴りやまないナースコールと、どこからか聞こえてくるひどく痰のからんだ耳障りな咳《せき》……。

「もう十年以上も前の話なんですがね」

唐突に、谷崎の声が聞こえた。

桂はそっと指導医を振り返ったが、当の谷崎は視線を電子カルテに投げかけたままで身じろぎもしない。

「私がある病院で当直をしていたときの話です。ひとりの若い女性が、ショック状態で救急外来に運ばれてきたことがありました」

前置きもなしに突然語られる話に、桂は声も出さずに耳を傾ける。

「精査の結果、診断は子宮外妊娠による卵管破裂。すでに腹腔《ふくくう》内にかなりの出血があり、血圧も低下傾向であるため、すぐに婦人科医が駆けつけてくれたんですが、ここでひとつ大きな問題が生じたんです」

谷崎は、足を組み、腕も組んだままいつもの淡々とした口調で告げた。

「患者の血液型がB型のRh(－)だったんです」

「……かなり珍しい血液型です」

「そう、一般的には日本人の千人に一人の血液型。しかし患者は、大量出血をきたしていて輸血が必要です。すぐに取り寄せなければいけない」

「珍しい血液型ですが、血液センターであれば、それも加味して用意されているはずです」

「ありました。それなりに確保はされていたんです。その患者さんが来る数日前まではね」

含みのある言葉に、桂は黙って指導医を見返す。

谷崎は、またひとしきり考え込むように沈黙し、それから語を継いだ。

「ちょうどその三日ほど前、県内の別の病院で大きな心臓血管外科の手術があったんです。その患者の血液型も同じB型のRh(－)だったことから、センターにある同型の血液製剤がわずかの量を残してすべて使われてしまっていたんです。おかげでただちに準備できた量はわずか2単位」

最低量ということである。手術前に用意する量としては、まったく足りないことくらいは研修医の桂にもわかる。

「婦人科医は緊急手術をしぶりました。すでにショック状態である以上、輸血なしでは進められないと。必死になって輸血製剤を探して、ようやく十分な量が見つかったのは、埼玉県の血液センターです。夜間でヘリは飛ばせない。大至急サイレンで搬送してもらって、到着したのは四時間後」

「患者さんは……？」

「死んでいました」

谷崎の声はわずかも揺れていない。どこまでも平坦《へいたん》であることがむしろ不自然なくらいに静かだ。

ふいに明るい笑い声が聞こえてきたのは、デイルームのテレビからである。お笑い芸人がさかんに大声で何かを叫び、画面の中は笑いに溢れている。しかしテレビを取り囲んでいるお年寄りたちは、誰一人笑っていない。

「八十歳のおじいさんの弁膜症を治療したために、二十二歳の女性が死亡したわけです」

「それはでも……」

「もちろん誰が悪いわけでもありません。それくらいは私もわかっています。でもね」

谷崎はそっと目を細めた。

「何かが間違っているとは思いませんか」

そのまま細めた目を桂に向ける。

「これはね、氷山の一角なんです。目に見えないところで似たようなことがたくさん起こっている。繰り返す高齢者の肺炎に延々と抗生剤が使われることで発生する危険な多剤耐性菌は、明らかに次の世代の医療にとって脅威となりつつある。もっと身近な例が聞きたいなら、大量の寝たきり患者を抱えて過労死した若い医者の話をしましょうか。この国はもう、かつての夢のような医療大国ではないんです。山のような高齢者の重みに耐えかねて悲鳴を上げている、倒壊寸前の陋屋《ろうおく》です。倒れないためには、限られた医療資源を的確に効率よく配分しなければいけない。そのためには切り捨てなければいけない領域がある」

ふいに机の上に置かれていた院内PHSが鳴り響いた。

谷崎のそのPHSの画面には「外来」と表示されている。ふと気がつけば、時計はすでに九時を回っている。外来診療が始まる時間なのだ。

谷崎はゆっくりと手を伸ばすと、PHSの保留ボタンを押した。

「私はね、この梓川病院で研修医を受け入れることには最初から強く反対していたんです」

沈黙したPHSを白衣のポケットに仕舞いながら、急にそんなことを言う。

「理由は簡単です。若い医者が、見るべき医療ではないからです。田舎の小さな病院の老人医療のなれの果て、そんなものは我々のような年寄りの医者がやればいい。若いうちは希望に溢れた現場を見なければいけない」

小さくため息をついて、谷崎は桂に視線を戻した。

「なのに、あなたは来てしまった。よくないですよ、こういうことは」

桂に答える言葉のあろうはずもなかった。

いつもの落ち着き払った動作で立ち上がる指導医を目で追いつつ、なんとか吐き出した言葉は、ずいぶん頼りないものであった。

「話をすり替えないでください、先生」

谷崎はいつもの微笑で軽く肩をすくめると、では外来です、と告げてスタッフステーションを出て行った。

桂はしばらく身じろぎもせず、指導医の消えていった病棟の階段を見つめていた。

午前中の予定は、谷崎の外来見学である。そのまま ついて行かなければいけないが、すぐには立ち上がれなかった。

この病院に一人しかいない循環器内科医の外来の大変さは、桂もすでにこの二週間のうちに十分に味わっている。

三十分に五人の予約で延々と午後まで続くその外来は、地獄の谷崎外来として、院内でも有名なのだ。ひたすら山のように押し寄せてくる高齢の心不全患者たちを相手に、谷崎は黙々と対応する。

その果てのない作業は、午後二時を回るころから気が遠くなってくるような心地がするのだが、見学者の桂は、それでも、なんとなくトイレに立ったり、病棟からの呼び出しに応じて外来を離れることができる。しかし、谷崎はまるで椅子に根が生えたかのように動かない。いつ見ても、まったく同じペースと穏やかな態度で患者に接し続けているのである。

診察はけして杜撰《ずさん》ではない。むしろすべての患者に、等分の診察と説明と投薬と安心とを可能な限り与え続けているように見える。

今日もそうして夕方まで外来を回していくのであろう。

桂には、谷崎という人間がますますわからなくなっていくばかりだ。

再びテレビから笑い声が聞こえて、桂は顔を動かした。

やはりデイルームのお年寄りたちは、誰一人笑ってはいなかった。

「ずいぶん死神が暴れているようだね」

深夜の医局に三島の低い声が響いた。

新聞や雑誌や、食べかけのカップ麺《めん》で散らかった大きな机。それを取り囲む三つの古びたソファと、不必要に巨大な液晶テレビが配置され、やたらと高画質なモニターからは、昼間にどこかで行われたサッカーの試合がとりとめもなく垂れ流されている。ときどき相槌《あいづち》を打つように蛍光灯が瞬《またた》くことも含めて、ごく一般的な地方病院の医局の風景だ。

その冴えない景色の中で、桂はインスタントのご飯を温め、梅干を載せ、沸かした湯でほうじ茶を淹《い》れて、お茶漬けの準備を進めている。

当直の日の夜食として、谷崎が教えてくれた手順だが、いつのまにかずいぶん手際が良くなっていた。

三島はいたずらに鋭い眼光をお茶漬けに向けながら口を開いた。

「今週に入ってまた一段と死神が活躍していると、病棟から聞いている」

「月曜日から今日の金曜日までに三人看取りました。谷崎先生の入院患者さんはもともと高齢の方が多いですから」

桂の言い訳めいた返答に、三島は格別表情を変えない。

そのまま視線を巡らして壁のカレンダーを眺めやった。

「循環器内科ももう四週目か、どうやら予定の一か月を無事切り抜けそうだね」

言われて桂も気がついた。

十月一日からスタートした循環器内科研修も、いつのまにか終わりに近づきつつある。

桂としては、まったく別世界の谷崎式診療に、ひたすら必死でついてきただけであるから、時間の流れとしてはほとんど実感がない。

「その様子では、いろいろと難題を突きつけられているようだね」

桂は黙ってうなずくしかない。

三島は、テレビに視線を向けつつ続けた。

「彼は確かに、一般的なものの考え方からかなり離れた場所に立っているように見える。

けれど、彼のような考え方をする医師は、実はけして少数派ではないということは知っておきなさい」

低い声が、重々しく響いた。

「谷崎君のように旗幟《きし》を鮮明にしている医師はそうはいない。けれどもこういう田舎の小さな病院の多くの医師たちが、今の高齢者医療について少しずつ疑念を持ちつつある。増え続ける大量の高齢者たちにこれだけの医療体制を維持し続けることは、次の世代に巨大な負債を残すことになる。本当にそれで良いのかとね」

ふいにテレビから歓声があがって会話が途切れた。右サイドから放たれたコーナーキックが際どい角度でゴールポストに弾《はじ》かれたのだ。地元の緑のユニフォームを着た選手がフィールド上で、悔しそうに拳《こぶし》を握りしめている。

しかし桂の目に映っているのは、再び走り出した選手でもなければ、大声で指示を飛ばしている監督でもない。内科の病棟を埋め尽くしているたくさんの高齢者たちの姿だ。たしかに亡くなる患者は多い。けれど亡くならなかった患者でも、家族に連れられて自宅に帰る人はけして多くはない。大半がもともといた老健や特養といった施設に戻っていき、また熱を出すと病院にやってくる。

「人が生きるとはどういうことなのか。歩けることが大事なのか、寝たきりでも会話さえできれば満足なのか、会話もできなくても心臓さえ動いていれば良いのか。こういった問いに、正解があるわけではない。しかし正解のないこの問題に、向き合うことはぜひとも必要だ。けれども今の社会は、死や病を日常から完全に切り離し、病院や施設に投げ込んで、考えることそのものを放棄している。谷崎君はある意味で、投げ捨てられてしまったその問題を、ひとりで正面から受け止めているのだよ」

再び派手な歓声が沸き起こり、三島が口をつぐんだ。

今度こそ、緑のユニフォームのシュートが相手チームのゴールネットに突き刺さったのだ。ゴールを決めた選手がフィールドを駆け抜け、スタンドのファンが見事なウェーブで応えている。

「いけないいね」

ふいに三島が語調を変えてつぶやいた。

「早く食べないと冷めてしまうよ」

その言葉で桂は、夢から覚めたように我に返った。手元を見れば、茶碗の中で水分を吸った白米がすっかり丸く膨らんでいる。

「当直だったね。時間があるうちに食べておきなさい」

「谷崎先生にも同じことを言われたばかりです」

「そうか、当直の上級医も今夜は彼か。よくよく桂先生は彼と縁があるようだね」

「先生こそ、こんな時間までどうしたんですか？」

問われた三島は、卓上の湯飲みに手を伸ばしながら言う。

「受け持ちの胆管癌の患者さんが高熱を出していてね。緊急内視鏡をやるべきか否か、血液検査の結果を待っているところだ。胆管炎ならこれからERCPになる」

愛想のかけらもない『小さな巨人』のそういう実直な医療が、今の桂には懐かしささえ伴って思い出される。三島の下で研修をしていたのは、ほんの一か月前だというのに、今ではずいぶん昔のことのようだ。

三島は茶をすすってから、また語を継いだ。

「何が正しいかは誰にもわからない。大切なことは、できるだけ色々な考え方に触れて、自分の哲学を鍛えるということだ。そのために君を循環器に送り込んだようなものなのだからね」

深い言葉であった。

桂は大きくうなずく。

「谷崎先生にだって、哲学があるわけですものね」

「当然だ。考えもなくああいう医療をやっているなら、とうにクビにしていることだろう」

思わぬ返答に桂が苦笑したところで、再び大きな歓声が聞こえた。

今度は相手チームの鋭いカウンターが、緑のユニフォームのディフェンスを突破して一気に反撃に出たのだ。

「お、山雅《やまが》は大丈夫か、押されているんじゃないかね」

いきなり降ってきた声に、桂と三島は同時に振り返った。

戸口に立っていたのは、壮年の背の高い男性である。

ロマンスグレーの髪と穏やかな微笑がいかにも紳士然たるその人物は、梓川病院の院長遠藤だ。『事なかれの遠藤』などという陰口もあるが、地位と能力と容姿の三拍子そろったこの人物には、患者や看護師のファンも多い。なにより、曲者《くせもの》ぞろいの梓川病院を大きな波乱もなくまとめあげ、『事なかれ』を維持してきた手腕は尋常ではないという話は、桂も耳にしたことのある噂だ。

そんな院長は、いつもは糊《のり》のきいた白衣姿だが、今夜はネクタイを締めたスーツ姿で隙なく決めている。

慌てて立ち上がりかけた桂を、院長は悠々と右手で制しつつ、

「我らが松本《まつもと》山雅は、今年もJ1を維持してくれそうかな」

そんなことを言いながら、医局の冷蔵庫からジンジャーエールを取り出している。

「どうしたんですか、院長。こんな時間に」

「ちょっと信濃大学の内科の医局までお百度を踏んで来たんだよ。各科の教授にこの半白の頭を下げてきた」

「ご苦労様です」

三島は、いくらか丁寧すぎるほど頭を下げた。

梓川病院のような田舎の小病院は慢性的な医師不足に苦しんでいる。大学医局に頭を下げてひとりでも多くの医師を派遣してもらえるようにお願いするのは、地方病院の院長の宿命的課題と言ってよい。

「手ごたえはありましたか?」

「ダメだね。どこもかしこも人手不足の一点張り。まあ続けるしかないだろうけど」

空いているソファに腰を下ろしながら、院長はぐるりと首を回して肩周りをほぐしている。

「内科医の不足は致命的な状態だからね。なんとかしないと、あのクレームの多い谷崎君を怒鳴りつけることもできない」

お茶漬けを流し込んでいた桂は、思わずむせ返りそうになる。

谷崎の扱いは、医局の中でも相当特異な状態であるらしい。

「おっと、これは研修医の前で言うことではなかったかな」

「気をつけてください。桂先生は循環器内科を研修中です」

「あはは、それはまずかったか。けれどまあ桂先生なら大丈夫だ。なんせ堂々と僕に挑戦状を突きつけてくるような胆力充分の研修医なんだから」

「挑戦状?」

首を傾げる桂に、院長は「おやおや」と笑いながら、窓の方を目で示す。視線を追って、桂は絶句した。

窓際のテーブルの上に、華やかな黄色い花をいくつも生けた大きな花瓶が置かれているのだ。疲れもあって気がつかなかったのだが、言うまでもなく桂がこの時季に一番映えると言ったダリアの花だ。

「あれは桂先生の仕業でしたか」

三島が感心したように言う。

「ここだけじゃないんだよ。最近じゃ医局のトイレや当直室にも、花がある。いやなかなか新鮮で楽しいものだね。花禁止令を出した僕自身が、〝花もいいものじゃないか〟とついつい言いたくなってしまう。桂君も立派な策士じゃないか」

あははと気楽に笑われても、桂は冷や汗が出るだけである。

脳裏には美琴の明るい笑顔が思い出される。

病院の中を飾ってみると言っていたが、これほどあからさまにやるとはさすがに思っていなかったのだ。

「それでは院長先生。見舞いの花は、禁止せずこのままにしておく方向ですか？」

桂の一番聞きたいことを口にしてくれたのは、三島なりの気遣いであるのかもしれない。

しかし院長はにこにこと笑ったまま、わざとらしくダリアの花瓶を眺めつつ、

「しかしねえ、花瓶の水に緑膿菌《りょくのう》が出るというのは本当らしいんだよ。放置してよいかというと別の問題だ」

「緑膿菌など普通の患者さんには関係がないでしょう。よほど免疫力が低下している人でないと」

「その通り。調べた限りでは、白血病で治療中の患者さんなんかのときに特別注意が必要だということになっている」

「すると、うちは血液内科もありませんし、関係のない話になりますが」

「おお、そうだったね」

まるで今気づいたかのように、院長はぽんと膝《ひざ》を叩く。

おや、と期待を持った目を桂が向けると、しかし院長はあくまで笑顔で、

「だけど僕は、筋金入りの『事なかれ主義者』なんだよ」

自分で言っていれば世話はないのだが、要するに迂闊《うかつ》な返答はしないということである。やはり院長は院長ということだ。ただのんきなだけの日和見主義者ではないということであろう。

桂が小さくため息をついたところで、ふいに院内ＰＨＳが鳴り響いた。

五分後に救急車です、という声に、なんとなく救われたような心地がして、桂は立ち上がった。

「患者は九十二歳、女性、肺炎の疑いです」

救急外来の入り口に、看護師の声が響く。

折しも、赤い回転灯を光らせた救急車から、見るからに顔色の悪い小柄なおばあさんを乗せたストレッチャーが運び出され、救急隊員の手で処置室に搬入されていくところだ。

救急外来と言っても、梓川病院のような小さな施設にさほど立派な空間があるわけではない。日中は総合診療科として動いている小さな処置室に、夜勤の看護師がひとりと、病棟から救援の看護師がひとり加わっただけの甚だこぢんまりとした体制である。

「昨日からすでに微熱があったようですが、本日午後から38度。夜九時の時点で喘鳴《ぜんめい》が目立つようになり、その後反応が弱くなった本人を家族が発見して、救急要請したようです」

救急隊員のひとりが記録用紙を片手に桂のそばに駆け寄ってきて、すらすらと経過を述べた。

「現在のバイタルは、血圧95の46、脈拍122、現在、酸素7リットルで SpO_2 88パーセントです」

ご苦労さまです、と桂が一礼すればあとは病院側が患者を引き継ぐ形となる。

「これはまたひどいバイタルですね」

そんな場違いに気楽な口調でやってきたのは、言うまでもなく指導医の谷崎だ。処置室の空気が緊張するのは、『死神の谷崎』が外来にも知れ渡っているからであろう。

「桂先生、現時点での先生の診断は？」

「年齢、経過、救急隊員からの話を総合すれば、誤嚥《ごえん》性肺炎をもっとも疑います。ただ、最近数日、あまり水分も取れていなかったというわりには足や顔の浮腫《むく》みが目立ちますから、心不全も背景にあるかもしれません。呼吸状態から考えると危険な状態です」

「立派なものですね。もう私が教えることは何もありません」

にこやかに肩をすくめるその姿は、どうひいき目に見ても不穏当である。

「先生」と見かねた桂の声に、指導医は穏やかに応じた。

「いつも通りの方針です。一通り検査をして、想定通りの結果であれば、酸素このまま、点滴も固定。病棟にあげて看取りますよ」

何でもないような口調でありながら、反論を一切受け付けない冷たさを含んでいる。看護師たちもさすがに面と向かって異議を唱えたりはしない。

谷崎は丁寧に全身を診察すると、

「私がやるべきことはありませんね。次の患者に備えて私は仮眠をとっていますから、とりあえずの指示は優秀な研修医に任せるとしましょう。呼吸が止まったら呼んでください」と所感をつらつらと述べ立てると、そのままあっさりと処置室を出て行ってしまった。

あとにはストレッチャーの上で、弱々しい呼吸をする小さなお年寄りと、それを囲む二人の看護師がいるだけだ。

モニターがけたたましく警告アラームを発している。そっと手を伸ばしてアラームを消すと、ふいに異様な静けさが舞い降りてきた。

酸素マスクが、わずかな呼吸の度に少しだけ曇り、すぐに消える。

点滴は音もなく、最期の時を刻むように落ちていく。

桂は、しばし患者の顔を見つめたまま動かなかった。


当直明けの朝は辛い。

二十代の桂でさえ辛いのだから、四十代、五十代の医師たちはどういう状態で働いているのか、ほとんど理解に苦しむほどだ。

それでもその日は夜の三時以降は患者が途切れたからまだ良い方なのだが、疲労は疲労である。鉛のように重い体を引きずって桂は当直室から出てきた。

廊下には窓越しに黎明《れいめい》の淡い光がななめに差し込んで、反対側の壁に、切り取られた光の長方形が規則正しく並んでいる。そんな明暗まだらの廊下を抜け、医局の前を通りかかった桂は、窓際の椅子に腰かけじっと身動きもしない谷崎を見つけて、足を止めていた。

朝の六時である。

いまだ濃い朝靄《あさもや》の彼方《かなた》に、美ヶ原《うつくしがはら》の稜線《りょうせん》が朧気《おぼろげ》に浮かんで見える。空と山との境界線上にはゆっくりと朝日が姿を見せ始め、柔らかな陽射しがほとんど水平に医局の中へ差し込んでいる。

その光の中で、谷崎が見つめているのは窓の外ではない。すぐそばのテーブルの上に置かれた大きな花瓶である。

豊かに花開いたダリアを見つめたまま、身じろぎもしないその姿は、何か一種崇高な光を背負って見えて、桂はすぐには声をかけられなかった。

「やあ、おはよう」

気づいて先に口を開いたのは、谷崎の方である。

桂は慌てて挨拶《あいさつ》を返した。

「お疲れ様です、先生」

「お疲れ様、明け方は救急の方は静かだったようですね。何よりです」

笑いながら、谷崎は花瓶に目を戻す。

「この花は桂先生の院長への挑戦状だと聞きましたよ。たいした度胸ですね」

「挑戦状だなんて……」

「いやいや、美しいものですよ。こうして花を眺める機会なんてありませんでしたから、改めて見るといいものですね」

死神と言われる谷崎がこういう言葉を口にするとは思っていなかった。

桂はなんとなく不思議の感に打たれて見返すだけだ。

そんなささやかな会話のうちにも、太陽はゆっくりと稜線を越えつつある。水平に差し込んでいた光は徐々に傾き、医局の廊下まで照らしていた光は、引き潮のごとく静かに窓の方へと後退していく。

そんな何気ない景色の中にも見とれるような美しさがあるのは、この町の空気や光がとても澄んでいるからなのだろうと、桂は思う。

「昨日の夜に来た九十二歳の患者さんですがね……」

ふいに谷崎が口を開いて、桂は我に返った。

「つい先ほど亡くなりましたよ」

さすがに桂は目を瞠《みは》る。

「僕のところに連絡が来ませんでした……」

「いいんです。私が病棟に言っておいたんです。呼吸が止まったときは私だけ呼ぶように、と。もう散々死亡診断書も書いたでしょう。たまには眠らないと、あなたも体が持ちませんよ」

谷崎は、微笑を浮かべたまま、そんなことを言う。

「特に問題のないご臨終でした。トラブルはありませんでしたしね」

「ありがとうございます」

「しかしね……」

少しだけ指導医の口調が低くなったような気がして、桂は再び窓際へ目を向けた。

「しかし昨夜のカルテを確認したところ、見慣れぬものを目にしました」

桂は我知らず身を硬くする。

「酸素を10リットルまで増量。点滴は外液を増やし、抗生剤も投与している。バルーンを留置して、利尿剤ラシックスを2アンプル静注、最小量とはいえハンプまで併用している」

「僕の判断です」

「どういうつもりですか？」

逆光の中で谷崎の表情はよく見えない。しかし声だけははっきりとした冷ややかさを伴って届いてくる。

「九十二歳の高齢者で、あのバイタルを見て、助けられると思ったんですか。そうだとしたら一か月も私のもとにいた割にずいぶん見込みが甘いと言わざるを得ません。そうではないのに闇雲に手を出したのなら、それはあなたの単なる自己満足だ。結局私が教えたことは何も意味がなかったということになる」

仏様の前の孫悟空《そんごくう》のようだと、ふいに桂が場違いな感慨を持ったのは、余裕があったからでは全くない。

むしろ頭はなかば真っ白で、論理的な思考が飛んでしまっただけである。背中にはびっしょりと冷や汗を掻いている。

「あなたに、私と同じ哲学を持って、同じ医療をやれとは思いません。けれども私の下にいる間は、指示に従いなさい。少なくとも、あなたのやった治療は、ずいぶんな医療資源を投入しながら、ただ患者の余命を五時間ばかり引き延ばしただけでした」

「それが目的だったんです」

桂の返答に、谷崎は口をつぐんだ。

ふいの静寂。

そのまばゆい静けさの中で、桂は懸命に言葉を探しながら口を開いた。

「五時間……、いえ、三時間引き延ばすことが目的で治療しました」

「理由を説明してください」

「患者の息子さんから、孫がすぐに飯山《いいやま》から駆けつけてくる、と聞いたからです」

谷崎は、わずかに肩を動かしたが返答はしなかった。

飯山は長野市の北に位置する山間《やまあい》の小さな町だ。松本からの距離は約百キロ。高速道路を使って来れば、病院まで多く見積もっても三時間で到着できる。

「会わせてやりたいと息子さんが言っていたんです。小さい頃からおばあちゃん子の孫だったから、と」

谷崎はなお口を閉ざしたままだ。

その沈黙に後押しされるように、桂は続けた。

「助けられると思ったわけではありません。でも、助けるか看取るかだけが医療ではないと思いました。もちろん先生のおっしゃっている言葉もわかります。施設に何年も入っている認知症の人や、ベッドで寝たきりのまま身動きもできない人に、なんでもすべての治療をすればいいとは僕だって思いません。でも……」

懸命な言葉はしばしば途切れがちになる。けれども桂は必死で思いを言葉に変える。まとまった思想があるわけではない。哲学というほどのものもない。しかしそれでも自分の心の奥底に、なにかかすかに灯《とも》った光がある。その光の温かさが消えぬよう、そっと両手で包むようにして、静かな指導医に相対する。

「でも、もしその患者さんのもとに駆けつけてくる人がいるなら、会える時間を作れるかもしれないのは医者だけです。何が正しくて、何が無意味であるのかは僕にはまだわかりませんが、家族につなぐために力を尽くすのなら、それは意味のあることじゃないかと思ったんです」

「家族につなぐため、ですか」

静かな声がようやく応じた。

谷崎は、桂に向けていた視線をゆっくりと、眼前のダリアの花瓶に戻した。

「なるほど、だからですか」

「だから……？」

「お見送りの時にご家族に言われたんです。〝本当にありがとうございました〟とね」

いつもの微笑を消して、谷崎は朝日に輝くダリアを見つめたまま付け加えた。

「久しぶりに耳にした言葉でしたよ」

桂が思わず指導医を見返したのは、その声のどこかにかすかな揺らぎを感じ取ったからだ。鋼のように冷たく滑らかな指導医の声に、らしからぬ抑揚があるように思われた。

しかし陽射しを背にした谷崎の横顔からは何も読み取ることはできなかった。

「あなたのやり方が間違っているとは言いません」

淡々とした声が聞こえた。

「けれども私は私のやり方を変えるつもりはありません。理想を語るには、医療の現実というものを私は知り過ぎてしまっているし、患者の家族の心まで感じ取るには、もうずいぶん年を取ってしまいました」

「それは少し違うと思います」

桂はほとんど反射的にそう答えていた。自分の声の思わぬ強さに、一番驚いたのは桂自身であったかもしれない。

谷崎もまた不思議そうに顔をあげる。

「父がよく言っていたんです。花の美しさに気づかない人間を信用するな。そいつはきっと人の痛みにも気づかない奴だって。でも先生はずっとその花を見つめていました。父の格言に従うと、先生は人の痛みがわかる人です」

少し驚いたような顔をした谷崎は、今度は小さく肩を揺らして笑った。あまり聞いたことのない弾むような笑い声であった。

「本当に、あなたは興味深い研修医だ」

愉快そうに笑いつつ続ける。

「せっかくですからひとつ言っておきましょう。もし本気であの患者を三時間持たせようと思ったのなら、もう少し利尿剤を増やすべきでしたし、ハンプも十分とは言えなかった。今回五時間持ちこたえたのは、幸運と言うしかない。まだまだ未熟ですよ」

ふわりと辺りが明るくなったのは、窓外に沈滞していた濃い朝靄が流れ始めたからだ。黎明の中にまどろんでいた安曇野が、にわかに朝を迎えようとしている。

そのまばゆい光の中で谷崎は感慨深げにつぶやいた。

「しかし家族に会わせるため、ですか。なるほど。家族ですか。懐かしい響きだ」

何気ないその一言を聞き流しかけたその瞬間、桂は不思議な違和感を覚えて、指導医の横顔を見た。

そこには、いつもと変わらぬ感情の読み取りにくい笑顔がある。

しかし細められた目の奥にかすかに揺れる光を見たとき、ふいになにか雷光にでも打たれたように、ひらめいたものがあった。その火花のように弾けたなにものかを、桂は強引に摑《つか》んで放さなかった。

〝家族ですか。懐かしい響きだ〟

十年以上前、輸血が間に合わなくて亡くなった女性の話が、思い出されていた。亡くなった女性は、偶然救急外来に来た患者さんではなく、谷崎先生の家族だったのではないか。その突飛なひらめきに根拠はない。むしろ奇抜に過ぎるというものだ。けれども思いは、容易に桂の胸を離れなかった。

十年以上も前の話。

二十二歳の妊婦さん。

もしそうだとすれば、その人は谷崎先生の……。

思考を進めかけて、桂はそこで自ら立ち止まった。

進めば答えが得られるのか。いや、答えを得てどうしようというのか。仮にその先に正解があったとして、多くを語らぬ指導医が伝えたかったことは、そういう問題ではなかったはずだ。

桂はしばらく沈黙し、朝日の中に座っている指導医を見つめていたが、やがて敢えて明

る い声で問いかけた。

「先生、回診に行きませんか？」

研修医の声に、死神は穏やかに笑ってうなずいた。

ひどく青い空だった。

秋の安曇野は、気温が下がるとともに、にわかに空の青さが冴えてくる。突き抜けるような、空のさらに上に広がる宇宙を感じさせるほどの、どこまでも果てのない青だ。

その澄み渡った空の下、忙しそうに駆けてくる赤いカーディガンを見つけて、桂は手を振った。

「ごめんね、待った？」

美琴の明るい声が木々のはざまに響きわたった。

鮮やかな赤のカーディガンの上に、薄いピンクのスカーフを巻いたその姿は、先日の大人びた空気から一変して、また格別の華やかさだ。おおいに戸惑う桂の様子に、しかし美琴の方は気づいた風もない。

「行こう？」

明るい一声を合図に、二人は林の中の小道を歩き始めた。

〝今度の日曜日、約束通り、ランチをおごってあげるわ〟

そんなことを美琴が言ったのは、循環器内科の研修が終わる最後の週末であった。

〝大変だった谷崎研修も終わりだし、お疲れ様会も兼ねてね〟

病棟の片隅で、こっそりそんなことを言われた桂に、もちろん否やのあろうはずもない。

約束の日曜日の昼下がり。待ち合わせた場所は病院から少し離れた雑木林の入り口だった。そこから予定の店までは、小道を抜けて徒歩十五分程度という美琴の話である。

小道の左手には、安曇野の田園地帯に豊かな水を運ぶ石造りの水路が、ゆったりと蛇行しながら前方へ続いている。信州においてはこの水路を堰《せぎ》と呼ぶ。もともとは乾燥した荒地に過ぎなかった広大な扇状地は、今も多くの堰によって潤い、豊かな実りをもたらしているのだ。

堰沿いの歩道には分厚く落ち葉が降り積もり、空の青、木々の緑とともに、短い秋を彩っている。

「聞いたわよ、桂先生。一昨日《おとᏃい》の診療会議のこと」

秋色の小道に、春の陽射しのような美琴の声が響いた。

ついていく桂は、苦笑を浮かべる。

「早いね、情報が」

「もう病院中で噂になっているわ。花屋の大逆転劇ってね」

「逆転とかそういうものじゃないよ。正直、わけのわからない会議だった。みんなが理屈に合わないことを言い合って、最終的にああいう結論になったんだから」

桂は笑って頭を掻いた。

その脳裏に、二日前の診療会議の景色が浮かぶ。


〝では、挙手をお願いしたいと思います〟

会議室に、遠藤院長の穏やかな声が響いていた。

二週間ぶりの診療会議の場だ。院内二十数名の医師たちが、コの字形の机を囲んで院長の声を聞いている。

〝見舞いの花の件ですが、中止する方向で検討していましたが、本日結論を出したいと思っております。つきましては、花を禁止することに反対の方は挙手をお願いします〟

院長のやり方は微妙に小細工が利いている。

花禁止に賛成の挙手を求めればよいところを敢えて反対の挙手を求めたのだ。問題自体に興味のない医師はどちらでもよい話であるからわざわざ意志をもって挙手することはない。自然、院長の意見に従う者が多数派になる。そういう見込みでの呼びかけであった。

最初に挙手をしたのは言うまでもなく桂である。その両脇で手があがったのは、桂が同期の研修医仲間二人に、何が何でも手を挙げてくれと頼んだからで、こういうときは権力や権威を恐れない仲間内の友情は存外に信頼できるものだ。

それで挙手は三人。

〝三人だけですか〟と院長が言いかけたところで、微妙にぱらぱらと医師たちが手を挙げたから、にわかに空気が変化した。

挙手した医師の中には、桂とあまり面識のない、産婦人科や小児科の医師もいる。一方で前回は我関せずの顔であった三島も挙手していた。

おやおやと面白がる顔をしたのは、ほかならぬ院長本人だ。

〝これは、研修医の挑戦状が意外に有効でしたかね〟

そんなことを言いながら、ひとりずつ人数を確認していく。予定より人数が多いとはいえ、一見して過半数には達していないから結論は明らかであるのだが、もったいぶって数えていくのも院長のやり方である。しかし勘定していく最中に院長がおや、と急に驚いたような顔をした。

その視線を追って、桂も目を瞠った。

会議といえば、いつも素知らぬ顔で、挙手どころか発言したこともない谷崎が手を挙げていたのである。

二度ほど院長が瞬《まばた》きしたまま動かなかったのは、それだけ驚きが大きかったからであろう。

〝どういう風の吹き回しですか？〟

院長の遠慮のない問いに、谷崎はいつもの読めない笑顔で応じる。

〝深い意味はありません。ただ……〟

そこで言葉を切ってから、肩をすくめてつづけた。

〝花の美しさに気づかない者に、人の痛みはわからないそうですよ〟

さらりと投げ出された言葉に、院長はしばし不思議そうな顔をしていたが、やがて人数を数えること自体を放棄して、口を開いた。

〝どうやら花屋の方に軍配があがりそうですね〟

実際の人数はどう見ても挙手している方が少数派である。にもかかわらず院長は、〝これはやられましたねぇ〟などとわざとらしい台詞《せりふ》を平然とつぶやいている。

要するに、それが院長の結論であった。

全く理屈は通らない。けれども、会議室に集まっていたのは、理屈が全てではない世界を生きている人たちである。

院長の風変わりな結論に、わざわざ反論する者もどこにもいなかった。

「月岡さんたちの花を飾ろう大作戦のおかげだね」

「和歌子さん、泣きながら喜んでたわ」

ふふっと肩を揺らして楽しげに笑っていた美琴は、ふいに小道の先に見えてきた小さな丸太小屋風の建物を示して声をあげた。

「あそこよ」

木立の中の二階建ての家は、優しく降り注ぐ木漏れ日の中で、静かにうずくまっている。病院からさして遠くもない場所にこんな店があることを、桂はまったく知らなかった。

「特製の薬膳《やくぜん》カレーがおいしいの。今日は特別私のおごり」

笑って振り返った美琴が怪訝な顔をしたのは、桂が急に立ち止まって、持っていた少し大きめの紙袋の中でごそごそと手を動かしていたからだ。

やがて桂が「どうぞ」と差し出したのは、白とピンクと茶がほどよく入り交じった小さな花束であった。

さすがに美琴も驚いた顔をした。

「私に？」

「内科研修が始まってから、ずいぶん助けられてきたのに、まだまともにお礼も言っていなかったから」

照れを隠せないまま頼りなく告げる桂に、しかし美琴も戸惑いを隠せない。差し出されるままに花束を受け取った美琴は、かすかに頬を染めつつ微笑する。

「ダリアね。今回の私たちの切り札」

「そうだけど、それだけじゃないよ」

桂の言葉に、少し首を傾げた美琴は、ふいに何かに気付いたように目を丸くする。

「これ、なんか甘い香りがする」

「なんの香りだと思う？」

「敢えて言うなら……チョコレート？」

半信半疑でそう問うた美琴に、桂はうなずいた。

「最近人気のセントバレンタインっていう品種だよ。少しだけなんだけど入れてもらったんだ。そのチョコレートみたいな匂いが最大の特徴」

「すごいわね」

「結構手に入りにくいから、和歌子さんに力を貸してもらったんだけどね」

素直に驚いている美琴に、桂は頭を掻きながら、

「病院内じゃ、なかなかお礼とか言えないから……」

「お礼なんて気にしなくていいのに」

「あと、今日だけじゃなくて、また二人で散歩ができるといいと思って……」

桂が、たどたどしい口調でようやくそう言うと、美琴は一瞬間をおいてから、急に緊張したように身を硬くした。

やがて探るように、花束越しに目を向ける。

「それってもしかして、次のデートの予約？」

「そのつもり」

だめかな？　と遠慮がちに問いかければ、美琴は胸元の花束をさらに持ち上げて、なかばダリアに埋もれるようにして、小さく、か細く返事をした。

「だめなわけないでしょ」

言うなりひらりと身を翻して、小道を駆けだした。

「でも今は、カレーが先よ」

明るい声が木立の間を伝わっていく。

桂はしばし、陽射しの下に揺れる赤いカーディガンを見送っていたが、やがて大きく息を吸い込んで一気に吐き出した。

研修医になって半年、それなりに冷や汗を掻く経験もしてきた。ましてこの一か月の研修は、緊張に次ぐ緊張の連続であった。けれどもどんな修羅場に放り込まれた時よりも、今日が一番緊張していたというのが本音であった。

桂は気持ちを落ち着かせるように、ゆっくり頭上を振り仰ぐ。

針葉樹の深みのある緑に切り取られた青い空が見えている。できればそのまま大声で叫んでみたかったが、これはさすがに遠慮して、勢いよく足を踏み出した。

店の前にあるウッドデッキの上で、美琴が元気よく手を振っている。

木漏れ日が、二人を結ぶ小道の上を、明るく優しく照らし出していた。

（角川文庫『勿忘草の咲く町で　安曇野診療記』に収録）

泥舟のモラトリアム

一穂ミチ

一穂ミチ（いちほ　みち）
2007年作家デビュー。以後主にBL作品を執筆。「イエスかノーか半分か」シリーズは20年にアニメ映画化もされている。21年、一般文芸初の単行本『スモールワールズ』が直木賞候補、山田風太郎賞候補に。同書収録の短編「ピクニック」は日本推理作家協会賞短編部門候補になる。著書に『パラソルでパラシュート』『砂嵐に星屑』『光のとこにいてね』など。

ビールのことしか考えられなくなってきた。

夜はまだ涼しさもあるから、野外のビアガーデンがいい。霜をびっしりまとってきんきんに冷えたぶ厚いジョッキだとなおいい。冷やしすぎたらビールの味がわからない、なんてご高説は知るものか。ジョッキを握る手が冷たくなり、触れた唇が冷たくなり、そしてみっしりと密な泡の下から流れ込んでくる待望の刺激で口内が一気に冷たくなる。目の覚めるような喉越しに身ぶるいしつつぐびっと食道へ、胃へと送り出し、ぷはっと息を吐いたら上唇の端で音もなく蒸発していく泡を拭う――別に大それた夢じゃない、いち労働者のささやかなお楽しみだ。でも今の中島《なかじま》にとっては砂漠の彼方のオアシスに思える。

赤信号で立ち止まり、ふう、と仰いだ先にはコンクリートの高架がそびえている。こいつの足元を這うように、かれこれ二時間近く歩いてきた――はずだ。歩数も正確な現在時刻も残りの距離も定かでない。ただ、会社までまだまだ遠いのは確かだった。一時停止すると小休憩が取れる反面、足を止めた途端にどっと汗が噴き出し、耳の後ろやら背中やら、遠慮なく伝い落ちるのが不快だった。汗だくで会社に辿り着いた途端、若い女性スタッフが「くっさ!」と容赦なく顔をしかめるかもしれない。いや、そんなんどうでもええわ。

とにかく冷房の効いたとこへ行けるんやったら。エレベーター、もう動いとるよな。これの後で十二階まで歩きはかなわん。

信号が青に変わる。立ち止まった後の一歩は、ことのほか重たい。

例年より早い梅雨入りから二週間ほど経った、月曜の朝だった。アラームをセットした八時より二分巻きの七時五十八分、中島はベッドがゆっさゆっさと左右に振れる感覚で、はっと目を覚ました。横たわったまま室内に視線を巡らせると、寝室の隅にあるスタンドランプの紐も踊るように揺れている。自分が寝ぼけているのではなかった。

覚醒してもベッドから動けなかった。周囲に倒れてきそうな家具はなく、むしろ身動きした瞬間に大きな揺れが襲ってきそうで怖かった。扉一枚隔てた台所では妻が朝食を作っているはずだが、特に物音はしない。水平になった全身が、フライパンの上で緩慢に揺すられているような感覚に冷や汗が出る。震度三……いや四はあるか？　ここは十五階やから余計に揺れとるとしても、これはでかいな。中島の脳裏を、二度の震災とおとしの地震がよぎった。あんなんはごめんやで、と臆面もなく思う。過去の災禍に見舞われた人々だって、ごめんだったに決まっているのに。とにかくじっとしてさえいれば、揺れが鳴りをひそめて地中深くに潜っていってくれるような気がして息を殺した。頼むからこれ以上揺れてくれるな、揺れてくれるな……。もちろんそんな祈りが無力なのを知っている。

時間にして一分足らずだったと思う。地下で目を覚ましかけて身じろいだ何者かが再び眠りについたように揺れは収まり、それでもまだ足元がぐらつくような心許なさを覚えながら中島は起き上がり、寝室を出た。

「おい、香枝《かえ》、大丈夫か」

「おはよう、朝からびっくりやね」

妻はさほど驚いてもいないようすで「週明けからいややわあ」とぼやきつつ玄関近くにある娘の部屋を確かめに行った。中島はテレビをつけ、NHKにチャンネルを合わせる。何だかんだ言って災害時にあてにしてしまうのは自局でなく公共放送だった。アナウンサーが地震情報を伝えている。最大震度は六弱、震源は大阪府北部。範囲こそ広くないものの、それなりの人的被害がありそうだ。画面を見ながら、社内のグループLINEに「無事です、今から出社します」と送った。同様のフキダシがぽこぽこと浮かんでくる。今のところけがをしたスタッフなどは見当たらない。

「明里《あかり》、大丈夫やった？　開けんで……なにてあんた、地震やないの。さっき揺れたの、知らんかったん？　目ぇ覚めへんてすごいな、大物やわ」

娘の安否を確認すると今度は玄関のドアを開け、建て付けが歪んでいないかチェックし、中島より妻のほうがはるかに機敏だった。同じタイミングで外に出てきたらしい隣の奥さんとにぎやかにしゃべり出す。

――びっくりしたねえ。

――ほんま！　大阪ってあんま揺れへんもんねえ。

――せやね、むかーし、お父さんの転勤で東京おった時は割とひんぱんにぐらっときたけど。

――阪神淡路大震災思い出して怖かったわ。震災の時はどこ住んではった？

――ああ、震災当時がちょうど東京やってん、知らんのよ。

――へえ。せや、エレベーター停まってるって。

――えー！　どないしよ、きょう生協頼んでんのに。

――いつ復旧すんねやろね。

中島は手短に顔を洗い、ひげを剃ってスーツに着替えた。ひとしきり井戸端会議を終えた妻が戻ってきて「ごはんは？」と尋ねる。

「いや、すぐ行かなあかん。状況によってはしばらく帰られへんかもしれん」

「そんな大ごとなん？」

「まだわからんけど、普段から人足りへんしな」

最前線の中継や記者リポに派遣されるような年ではないが、社内での後方支援や連絡係が必要になるだろう。

「電車動いてる？　タクシー呼ぼか？」

「とりあえず駅行ってみる。最悪歩きや」

玄関先でスニーカーの紐を結んでいると、香枝がラップで包んだおにぎりをふたつ、ショルダーバッグに押し込んだ。

「おい」

「空きっ腹やと倒れんで」

「悠長に食うてる時間ないぞ」

「おにぎりやから歩きながらでも食べれるやん」

「いい年こいたおっさんが歩き食いしとったら恥ずかしいやろ」

「山下清《やましたきよし》みたいでかわいいで。ほな気ぃつけて、行ってらっしゃい」

適当極まりないコメントとともに送り出され、一度だけ明里の部屋を振り返ったが、扉は開くことなく、中からはうんともすんとも聞こえてこなかった。

マンションの一階まで小走りに駆け下りただけでもなかなかの負荷で、膝が笑い出しそうになる。六甲を望む眺めが気に入って最上階を選んだのは考えものだったかもしれない。地震対策というのは年々「頑丈さ」より「慎重さ」を優先し、とにかく「何かあったらすぐ停まる」ようになっている気がする。もちろんそれは正しい。命あっての物種、臆病に越したことはない――でも、その割に原発は何としてでも動かそうとするよなあ、この矛盾は何なんやろ。早くもこめかみに浮かんできた汗を拭き拭きそんなことを考え、何やジャーナリストみたいやな、とひとり気恥ずかしくなった。

最寄りの阪神電車西宮駅に着くと、案の定運休だった。目に見える損傷があったわけではないが、線路の安全点検が終わるまで復旧は見込めないらしい。バスとタクシーの乗り場は長蛇の列で、予想どおりとはいえため息が出た。甚大な被害などもちろん望まない、しかし、社会生活を停止するレベルかどうか迷った人々はとりあえず会社や学校に行こうとし、通常運行を続けるレベルか迷った交通機関はとりあえず一時停止の判断を下す。「急げ」と「止まれ」が混在する黄信号みたいな状態だった。

何かに使えるかもしれないので、駅前の混雑をスマホで動画に収めていると、見覚えある顔がフレームインしてきた。小さな画面の中でひらひら手を振っている。

「おい、変な映り込み方すな」

撮影を停止して苦情を言うと、市岡《いちおか》は「つい」と反省の色なく笑った。

「それより困ったなあ、案の定電車動いてへんな。JRも阪急もアウトや」

「タクシー、一緒に乗っていくか？」

「この列やと、長時間待って乗れたところで大渋滞やろな。高速で身動き取れんようになったら目もあてられん」

「ほな、結局歩きがいちばん確実なんやな」

「そういうこと。文明はいざって時脆いねえ」

昔からどこか飄々と摑みどころのない同期は、こんな非常時でもマイペースだった。

「マップで調べたら会社までだいたい十七キロ、三時間半くらいで着く見当や」

「言うた側から文明の利器使うとるがな」

その時間と距離が五十二歳の肉体にどの程度こたえるのか、歩いてみないことにはわからない。ハーフマラソンより短いな、などと考えたが実際に二十キロも走破した経験などない。とにかくここで突っ立っていても仕方がないので、グループＬＩＮＥに「中島及び市岡、徒歩で向かいます」と投げて出発した。

「まあ、ぼちぼち行こう。下手に気張って走ったりしたら行き倒れてますます迷惑かけるもんな」

「そんなのんきに言うてられへんやろ、俺はともかくお前は報道局次長やねんから」

「デスクのほうが実務は多いやろ」

「俺なんか頼りにせんでも下のスタッフがちゃんとやってくれるわ。後は座して定年を待つのみ、みたいなおっさんひとりおらんかったところで……」

「自虐的やな」

「そういう年頃や」

「まあなあ。松井《まつい》は辞めてよかったって今頃胸撫で下ろしとるやろな」

「せやな」

先月末で退職した同期と、最後に飲んだ夜のことを思い出す。これからは所有する物件の管理や資産運用で暮らしていく、と、中島にとっては何だか夢のようにふわふわしたビジョンを語ってくれたのだった。

——こんな激務、定年までやるつもりはないって二十代から決めとったよ。

——セミリタイアには早すぎへんか？　毎日暇ちゃうんか。

——いやいや。朝起きて株価見て、午前中はマンションの掃除やら修繕やらするやろ、昼は出かけてどっかで食うわな。嫁さんには、昼めしの支度はせんでええ言うてんねん。退職した旦那が昼間家におるほどうっとおしいもんはないからな。

同席していたアナウンサーの三木《みき》邑子《ゆうこ》が独身にもかかわらず力強く頷いていたから、そのとおりなのだろう。

——河原町あたりで昼めしすましたら、本屋とか美術館とかぶらぶらして、川べり散歩して、後はジムで汗流してジャグジー浸かって、適当に世間話でもしとったらもう夕方やで、あっちゅう間や。

ほおお、としか言えなかった。驚くほど豪勢でも浮世離れしてもいないはずなのに、やはり中島の現実からはかけ離れた生活に思える。

——まさに悠々自適ですね、投資の才覚がある人は違いますねー。

邑子が感心すると、松井は「いやいや」とかぶりを振る。

――リーマンショックの当時は、ほんまに首吊りたくなるような日もあったよ。さらりとした口ぶりが却ってカネの世界の修羅場をリアルに想像させ、背すじが寒くなった。俺には到底無理やな、と百の言葉を尽くされるより明確に実感できた。

「松井やろ、高浜《たかはま》も実家の旅館継ぐ言うて城崎に帰って、御子柴《みこしば》は嫁さんの実家の北海道で農業、本浪《ほんなみ》も何や、田舎で晴耕雨読したいんやったっけ」

この一年で会社を去った同期を、市岡が指折り数える。

「最近多いなあ」

「うん」

三十人以上いた同期も今は二十人いるかどうかというところだった。若いうちにさっさと転職していったやつ、身体を壊して辞めざるを得なかったやつ、事情はさまざまだが、五十の坂を越えてから、櫛の歯の欠けが目立つようになった。理由は簡単で、会社が退職金に色をつけたうえでの早期退職を大いに推奨しているからだ。斜陽著しいマスコミ業界に六十歳までしがみつくのか、ここで転機を図るのか。

「ほんま、試されるお年頃やで」

「泥舟から逃げ出すねずみみたいなもんやろうな」と中島は答えた。

「中島は逃げへんのか？」

「逃げたとて、次のアテなんかあらへん」

高架のぶっとい橋脚を辿って歩く。平日のこの時間なら電車がひっきりなしに行き交い、音を立てて灰色のコンクリートを振動させるはずなのに、今はしいんと静まり、無機質さをいっそう際立たせている。

「娘もまだ大学二年生やし、冒険やら隠居やら考えとる場合とちゃう」

「おお、明里ちゃんもうそんな年か、こないだ生まれたとこみたいな気ぃするわ」

「さすがに大げさやろ」

そうだ、明里が生まれた時、同期からの祝い金を取りまとめてベビー用品をあれこれ手配してくれたのは市岡だった。義理人情など重んじるようには見えないのに案外根回しや気遣いを欠かさず、目端が利く男はとんとんと出世して報道局次長にまでなったが、それで偉ぶるでもない。だから「同期なのに上司」という微妙な関係を気まずく感じたことはなかった。

「明里ちゃん、元気か？」

「元気やけど、最近は父親となんか目ぇも合わせへんわ」

「そら、正真正銘のお年頃やな。そのうち収まるんと違うか」

「どないやろ。……お前みたいに気の回る親父やったら、うまいことやってけたんかもしれんな」

意図せずぽろりとこぼしてから、自分でもほんまやでと思えた。市岡のような冷静さがあれば、明里とあんな喧嘩をして、今に至るまで長々と引きずらずにすんだのかもしれない。

「何を言うやら」

唐突に引き合いに出された市岡はきょとんとしていた。

「中島はおっとりしたええお父さんに決まってるやないか」

「どんくさいだけや」

「おいおいやめとけ、五十男の自虐なんかただただ哀れで笑われへんわ」

背中を軽く叩かれる。気づけば西宮の隣、今津駅が目の前だった。ええと、あとどんだけや、久寿川、甲子園、鳴尾、武庫川、尼崎センタープール前、出屋敷……うんざりする。会社のある福島駅まで各停でも三十分少々、特急や急行に乗り換えれば二十分足らずの所要時間だからすぐ近くのように錯覚してしまうが、西宮は兵庫、福島は大阪。立派に県境を越えているのだ。

それでもふたりで会話しながらだと気が紛れていいと思っていたのに、今津駅に着くと市岡から「ここでふた手に分かれよか」と提案があった。情けなくも「ええっ」と声を上げてしまう。

「この後大きな揺れがないとも限らへんやろ、共倒れのリスクは避けよう。どっちかでも確実に会社に辿り着きたい。連れションみたいに出勤すんのもどうかと思うしな」

「ああ……せやな」

中島の消極的な同意にはお構いなしで、市岡は「ほな、お互い健闘を祈ろう」と線路の反対側へ回って行こうとする。

「あ、おい、市岡、朝めし食うたか？」

「いや、俺もかみさんも朝はコーヒーだけやから」

「普段ならともかく、ばてるぞ」

中島はショルダーバッグからラップに包んだおにぎりをひとつ取り出し、勧めた。

「よかったらどっかで食え。具は梅干しかたらこのどっちかや。他人のおにぎりよう食わんのやったら、無理にとは言わんけど」

市岡はすこし驚いた表情を浮かべつつ「ありがたくいただきます」と受け取った。

ひとりになった中島は、自分に気合を入れるため「さて」と敢えて声に出し、歩き始めた。曇天ながら雲の向こうに太陽を感じる明るさで、そして蒸し暑い。ハンカチよりもタオルを持ってくるべきだった。

高架に貫かれた何の変哲もない住宅街は、散歩するにしても退屈だった。グループLINEには間断なく業務連絡が飛び交っているが、現場にいない中島ができることは特にない。夕方のニュースで急きょスタジオ出演を依頼できそうな専門家の心当たりを送るくらいだった。

『おとしも出てもらったK大の防災学の先生はどうでしょうか、テレビ慣れしてるのでトークは問題ないです。共有フォルダのゲストのファイルに連絡先があるはずです』

メッセージは瞬く間に新しいフキダシに押し流されていく。まあ、既読は複数ついているから大丈夫だろう。歩きながら、さっき市岡が言った「連れション」という言葉を反芻していた。いい大人が連れ立っていないと行動できないなんてもちろん恥ずかしい、でも、中島は基本的に右へならえの人生を送ってきて、主体的に何か決断したという記憶がなかった。

実家は東大阪市にある、何の変哲もない下町の定食屋だった。さばみそも焼き餃子もハンバーグも、格別褒めるところもけなすところもない平凡そのものの味で、近所の町工場の従業員が昼休みには定食を、終業後にはビールとちょっとしたつまみを求めて通ってきた。やれ油が値上がりした、今年は米が不作だったと世の中の大抵のものの価格変動に一喜一憂しつつそろばんを弾く両親の姿をよく覚えている。父親は「自営業なんかやるもんちゃうぞ、気苦労ばっかりで割に合わん」が口癖で、息子にはしきりと「大学を出て公務員か、食いっぱぐれのなさそうな大企業勤め」を勧めた。気苦労の反面、閑古鳥が鳴く日は昼間から売り物の瓶ビールを開け、スポーツ新聞を広げてラジオの競馬中継に聴き入ることができる自由さもあったはずだが、とにかく父親の目には「勤め人」こそが安泰に映っていたらしい。中島は「そういうもんか」と特に反発も覚えなかった。父の希望どおり勤め人になった時、もうあれこれ迷わなくていいと安堵したのに、今頃になって周囲が続々と「自分探し」めいたことを始めるものだから、巣穴から放り出されたねずみのようにきょろきょろしてしまう。ここを出てやりたいことも、ここにしがみついてやりたいことも別になかった。それは今に始まった話じゃないのに、自分が空っぽなつまらない人間だと改めて突きつけられた気がする。

胃がしくしくしてきそうな物思いでも、耽っている間に距離を稼げるという利点がある。そういえば、自分の来し方行く末についてじっくり考える機会などついぞなかった。毎日慌ただしく、ルーティンとたまのイレギュラーに対応しているだけであっという間に日、週、月、年と過ぎ、加齢でさらに拍車がかかる。ただ、こんなふうにいくら考えたところで急に第二の人生の展望などひらけてこない。自慢にもならないが、社会人生活三十年で何も見つけられなかったのだから。

やっと甲子園を過ぎた。何の間違いかスポーツ部に配属されて中継担当だった時代には足繁く通い詰めた場所だが、今はめっきり足が遠のいた。試合終了後には「反省会」と称して実況の村雲《むらくも》や解説のプロ野球OBと一緒に球場近くの居酒屋で飲むのが恒例で、週に何回も甲子園から東大阪までタクシーで帰り、「お前の給料よりタクシー代のほうが高いやないかっ！」と上司に怒鳴られたものだった。そない言われてもどないせえっちゅうねん、と渋々甲子園近くの賃貸マンションを探しに訪れた不動産屋の事務員が今の妻だから、人の縁とはどこでどう繋がっているかわからない。甲子園周辺もすっかりきれいになり、駅前にはしゃれた阪神グッズのショップができている一方で阪神パークは閉園してらぽーとに生まれ変わった。

ショルダーバッグがずっしり肩に食い込み、反対側にかけ直す。そろそろ足の裏がだるくなってきた。道のりはまだまだ遠い。街も人も平常と変わりなく見えるが、未だ電車は運行再開していない。手前の久寿川駅で高速道路の下に潜った線路は、また高架の上にある。建ち並ぶ橋脚を見上げ、ここに沿って歩いとったらええだけの人生の何があかんねやろ、といじましく考えてしまった。いや、線路がどこまでも続くとは限らへんから問題なんやな。いきなり道がのうなって地面に大穴が空いとるかもしれへん、えらい時代やで。

上司にどやされはしたが、昔はタクシーチケットも気前よくばらまいてくれた。青天井の残業代で呼び出されることもなかったし、社内には「何の仕事をしているのかよくわからない先輩」が当たり前にいた。昼前に出社してきてさらに喫茶室で二時間ばかり煙草をふかす、あれこそ悠々自適だった。「窓際」の悲哀は特に感じず、周りも疑問を抱いていなかったと思う。社会全体に「まあええか」みたいな適当さを抱え込める余裕があったのだろう。マスコミの仕事は過酷でありながら、のどかさも矛盾せずに存在していた。週休二日、男女雇用機会均等法、働き方改革。世の中を整備するために敷かれたはずのレールで、自分たちは本当によりよい方向へと進んでいるのか——……いや、きっと老害の懐古やな。まだ景気がましやった時代と比べられても、って笑われるやろ。

つい卑屈な気持ちがよぎったのは、鳴尾駅に近づき、近くにある武庫川女子大、通称「ムコジョ」の学生と思《おぼ》しき女の子たちとすれ違ったからだ。気づけば二年もまともに口をきいていない娘を連想し、どうしても緊張してしまう。鳴尾の駅も高架化を伴う大規模改修が行われたばかりで、帆かけ船を模したという駅舎やこぎれいな広場にかつての古くさい鳴尾の面影はない。どころか来年には駅名まで「鳴尾・武庫川女子大前」に変わるという。どうせ地元の住民はこれまでどおり「鳴尾」と呼び習わすに違いないが、改めて駅周辺を歩いてみると、さほどの愛着もないはずなのにうっすらと寂しくなった。美しく生まれ変わった鳴尾が、自分を置き去りにしていった気がした。

「阪神間」といえば洒落《しゃれ》た富裕層のイメージがあるが、そこからはみ出した何でもない土地の、雑多な生活感が好きだった。通勤の車窓から、昭和後期を最後にアップデートをやめてしまったような街並みを眺めるとほっとした。年老いていく身体が流されるまま向かう未来など、希望ではなく恐怖でしかないと思った。同じ齢《よわい》を重ねた同僚たちが、それでも何かを求め飛び出していくのを目の当たりにするたびその気持ちは強くなった。市岡は今頃どこを歩いているのだろう。

そもそも、熱烈にマスコミを志望していたわけではなかった。受験勉強に励んでそこそこの公立大に入り、就職活動が始まれば「会社四季報」を買って何のこだわりもなく給料のいいところを当たった。「型にはまらない生き方」などというフレーズにかけらも魅力を感じなかった。かといって否定するつもりもなく、「俺には無理そうや」とごく自然に思ったに過ぎない。

「バブル」という、今となっては肩身の狭いアホみたいなお祭り騒ぎの時代で、内定には困らなかった。銀行、証券、商社といった手元のカードから「テレビ局」を選んだのは、本当に何となくだった。面接の人事担当者が感じよかったとかその程度の決め手だ。ひょっとすると今頃銀行マンの人生もありえた、と考えてみても想像できない。当時内定を蹴った銀行はとうにメガバンクの一部として経営統合され、今は存在しない。

ノンポリもノンポリで、希望といえば群れの中に交じって目立たず波乱なく生きていきたい、それに尽きた。リーダーも異端児も苦労が多そうだし、多様性やオリジナリティがもてはやされるこの二十一世紀に若者じゃなくてよかったとさえ思う。

あまりちんたら歩いていて、大差をつけられたら恥ずかしい。中島は今一度気合を入れ直してペースを上げた。しかし釣竿を背負ったじいさんがちりんちりんと軽やかにベルを鳴らして自転車に乗っているのを見た途端、また気もそぞろになってしまう。釣りか、そうや、「鳴尾浜」ていうくらいやから、海が近いんやった。何が釣れるんやろか。左手に阪神本線、右手に阪神高速神戸線というふたつの太い道に挟まれ、迷いようはないが単調でつまらない。せめて海っぺりでも歩けたらちょっとは気分も上がるやろに。

兵庫医科大の建物が見えてくれば、武庫川駅はもうすぐだ。急激に空腹を感じ、さすがに歩き食いはできないので道沿いの公園に寄って立ったままおにぎりを頬張った。ベンチに座ってしまうと、却って疲労が押し寄せて立ち上がるのが億劫になる。具は梅干しで、酸っぱさが全身に染み渡るとしみじみうまかった。持たせてくれた妻に感謝し、市岡にひとつ分けたことを後悔するほどだった。そしてものを食った途端に喉の渇きをも意識し、武庫川を越えたら飲み物を買おう、と決意する。熱中症予防の観点からいえば今すぐ水分補給するべきなのだが、先を行くお楽しみをひとつでも自分で設定しなければモチベーションを維持できない。冷たい水をがぶがぶ飲む喜びを想像しながら次の駅を目指した。

武庫川駅は、川の上にある。正確には川を跨ぐ橋の上にホームが設置され、対岸はもう西宮市ではなく尼崎市だ。道なりにスロープを上がっていくと、武庫川沿いを走る阪神武庫川線のレールが眼下に見える。橋梁上の駅、という珍しい構造を、普段の通勤で特に気にも留めていなかったが、フェンス一枚で仕切られたホームと並行して川を渡るというのはなかなか新鮮な経験だった。かつてはたびたび氾濫を起こしたという武庫川の水面は薄い泥の色に凪いでいる。芝生や松林で整備された遊歩道をのどかに散歩する人影も見えた。中島は立ち止まり、遮るもののない頭上の雲を仰ぎ、深呼吸した。水上を吹き渡る風が汗ばんだ肌をわずかに冷やし、慰めてくれる。

川向こうの尼崎市に辿り着くと、なかなかの達成感だった。とはいえまだ行程の半分も消化できていないだろう。ひとまず、自ら鼻先にぶら下げたにんじん、水を求めて目についた自販機に近づき、電子マネーで支払うためにショルダーバッグからスマホを取り出した時だった。

あっ、と声が出た。指先まで疲れていたのか、手汗で湿っていたせいか、ちっぽけな文明の利器は中島の手のひらから滑り落ち、かつんと硬い音を立ててアスファルトに落下した。慌てて拾い上げると液晶に亀裂が入り、真っ暗に沈黙している。何度か再起動を試みたが光は点らず、うんともすんとも言わない。おい、嘘やろ。かさばるのがいやで、ケースなどは使わず裸で持ち歩いていたが、このくらいの衝撃で故障するものなのか。補償ってどないなっとったっけ、買い直しになったら香枝が怒るやろな、いやそれより、会社と連絡が取られへん。

スマホにくっついた細かな砂利が手にへばりついてちくちくした。自分の不注意でしかないのだが、何でやねん、と言いたくなる。朝っぱらから老体に鞭打って歩いとるのにこの仕打ち。

身も世もなく打ちひしがれるレベルの不運じゃない。普段なら「あーあ、やってもた」で片付けられるささやかなつまずきが、今の中島には暗く果てのない落とし穴に感じられた。心折れる出来事というのは、ダメージの大小よりタイミングに左右されるのだろう。

中島は特に悲観的な性格ではないと自認しているが、それでもこんなふとした不運に、思ってしまう。

俺の人生、この先ひとつもええことなんかないんやろな、と。

大きな雲が頭上を横切る時に落ちる翳《かげ》りにも似た不意打ちの絶望は、もちろんすぐに消える。仕事に追われ、飲み食いをし、眠ってしまえばそんな物思いに囚われたことさえ忘れてしまう。けれど、翳りが影になり、闇になり、真っ黒なしみを拭えないまま自分を殺したり人を殺したりするケースだってあるのだろう。川を渡るように明確な境界はなく、見かけ上は安穏と生きている中島と、テレビで日々報じられる非日常の登場人物たちは地続きに存在している。白と黒の間には無限の灰色のグラデーションが存在する。「報道」という仰々しい仕事の隅っこにかじりつくうちに、中島はそんなふうに思うようになった。

ああもうやる気なくした、全部やめたろか。財布の小銭で水を買い、瞬く間に五百ミリリットルのペットボトルを飲み干す。これが酒ならどんなに壮快だろう。せや、もう連絡取られへんねんから、この足でどっか、朝から開いとる飲み屋探して一杯でも十杯でも引っ掛けたったらええねん。俺ひとりおらんでも仕事は回る。市岡と違って別に必要とされてへんねんから。てきぱき指示を飛ばせるわけでもなく、兵隊として俊敏に動き回れるわけでもない、年だけ一人前に食った中間管理職など組織にとって贅肉に等しい。自覚と才覚と矜持《きょうじ》のあるやつらはしがみつかずに自らを切り離す。

引き替え自分は、いたずらに会社をたるませ、だぶつかせている。いつの間にかみっしりベルトに乗っかるようになった腹肉を見下ろしてほとほとみじめな気持ちになった。泥舟からのドロップアウトなど夢想したところで実行に移せるわけもなく、己の小心さを嘆きながら再度自販機に硬貨を数枚投入すると、何がいけないのか一枚の十円玉がそのままちゃりんと吐き出されてきた。何度やっても駄目なので仕方なく千円札を使えば、百円玉と十円玉だらけの釣り銭が小さな返却口にじゃらじゃら重なる。自販機まで俺を馬鹿にしとんのか。小銭でぱんぱんに膨らんだ財布は重石みたいにずっしり感じられた。

二本目の水は半分以上残し、首すじや額を冷やしながら歩き始めた。曇り空とはいえ、確実に朝より気温が上昇しているのを感じる。スマホが壊れた旨を連絡しておくべきかと迷ったが、そもそも電話番号がわからない。名刺入れは会社のデスクに入れっぱなし、104にかけて代表番号につないでもらうのは大げさな気がしたし、まだ応対時間じゃないかもしれない。

携帯電話を持つ前は、よく使う番号の五つや六つは頭の中にインプットされていたはずなのに、気づけば全消去され、報道局の番号すら覚えていない。覚えていないことへの危機感も今に至るまで希薄だった。記憶も思考もスマホに外注しているせいなのか、老化による衰えなのか。

――お前に何がわかるんやっ!!

忘れたい出来事はいつまでもこびりつき、脳内に反響し続けているというのに。明里はどうなのだろう。あの日以来、口をきかず目も合わせなくなった娘の中でどんなふうにわだかまっているのか、中島には想像すらできなかった。

尼崎センタープール前駅に辿り着くと、それが競艇場だと知らず「プール連れてって」とねだっていた幼い娘の姿が不意によみがえり一瞬笑みがこぼれたが、甘い思い出から現在に戻った途端に苦味が混じる。あんくらいのままでおってくれてもよかったのに。駅前には大きな「蓬川温泉」の看板があり、今すぐ服を脱ぎ捨ててだぼんと湯船に浸かれたら、と性懲りもなく現実逃避に耽ってしまう。スマホが壊れて現在時刻も定かではないが、おそらく家を出てからゆうに一時間以上経っている。せめてこの上歩けたら楽ちゃうんかな、と高架を見上げた。映画みたいに、無人の線路を延々と……いや、単調でうんざりするか。ひたすらレールに沿って、枕木を数えて。

道なりに進むときれいに整備された公園に出た。立ち止まって花を愛でる心の余裕はないにせよ、殺風景よりはましだ。ストレッチに励むジャージ姿の年寄りを横目に階段を上った先にはまた川が横たわり、橋には「ことうらばし」とプレートがあった。川幅は二十〜三十メートルといったところか、武庫川ほど大きくないにせよこっちとあっちで何かしら世界が違っているような、そういう境界を感じさせるには十分なスケールだった。大阪は川の街だと言われるが、兵庫だって、というか、そもそも水のあるところに人が集まるのだから当然だった。会社と家の間にいったい何本の川が流れ、海へそそいでいるのか、日々電車で往復していて考えたこともなかった。頑丈な橋がいたるところに架かって行き来はたやすいはずなのに、こうして徒歩で川を越えると、かすかに取り返しのつかない気持ちが起こる。何か大事なものを置いてきて、対岸に渡り切ったが最後、もう二度と取り戻せなくなってしまうような。

ペットボトルの水はすぐにぬるみ、冷却剤としての役割を果たさなくなった。汗混じりの水滴が首から背中にかけてをたらたら濡らしていくのがひたすらに不快だった。疲労はつま先から汚泥のように溜まってきて、一歩進むごとに膝のあたりでとぷとぷ揺れている。これが心臓や喉まで到達したらどうなってしまうのだろうか。全身の表皮で分泌される汗を拭っていたハンカチももう全体がじっとり湿り、濡れたものに濡れたものをなすりつけるだけになってしまっている。コンビニにさっと寄ってタオルでも買えばいいのだろうが、一歩たりとも余計に歩きたくない。

ただ足を前へ前へ、運ぶ。遠くに見えていた信号や建物がいつの間にか目の前にある、次の駅が見えてくる、それしか中島にとっての希望はなかった。会社を目指してこんなに必死で歩いているというのに、出社して何をしようとかしたいとか、いっさい頭になかった。汗水たらして重たい足を動かせば、すくなくとも歩幅のぶんだけ現在の座標から移動している、そのちっぽけな実感だけが中島の背中を押していた。

見上げれば碁盤の目のようなガラスが嵌まった出屋敷の駅舎が淀んだ曇り空を映し出している。これでやっと七つ目の駅。五合目くらいだろうか。次がようやく尼崎、その次が大物、杭瀬、千船、姫島、淀川、野田……頭の中で指折り数えて挫けそうになる。まだまだや。駅前には竜宮城風なのか韓国風なのか、とにかく異彩を放つデザインのでかい焼肉屋が目を引いた。肉、肉、ええなあ。肉いうかビールやな。ビールのことしか考えられなくなってきた。「阪神なぎさ回廊へようこそ！」という立看板の地図を見れば大阪はまだはるか遠くに思える。庄下川、左門殿川……淀川を越えて大阪市福島区へ到達できるのはいつのことやら。

　晴れて自由の身になったら、生中、浴びるように飲んだるからな。糖質もプリン体も知ったことか。せや、ＴＫの佐々《さっさ》ちゃん、ビアガーデン行きたいて言うとった。きょう夜おったら誘ってみよか。前回、スタッフと飲みに行ったのはいつだったろう。「８３０ｍ阪神尼崎駅」という標識を通りすぎながら思い起こせば先々週だった、そう昔でもない。香枝が友達と会うとかで夜出かけていた日だ。明里とふたりきりは気詰まりだという情けない動機で「飲みに行かへんか」と適当に声をかけてＪＲ環状線福島駅のガード下にある店に行った。ビールジョッキを合わせたあと、五年後輩の報道記者がおもむろにこう切り出した。

――いやー、俺、とうとう息子に言われましたよ、「マスゴミ」って。

何と言葉をかけていいのかわからなかった。その場にいる全員、そうだったと思う。軽く目配せし合ってから中島が代表するように「お疲れ」と言った。ＴＫの佐々ちゃん、ことタイムキーパーの佐々結花《ゆか》だけが「えーっ」と抗議の声を上げる。

――ひどいじゃないですか。お子さんていくつなんですか？

――十歳。

いろいろわかってくる年頃やもんなあ、と結花以外のメンバーは嘆息した。スマホとＳＮＳがない生活など考えられない、そういう世代に好かれるほうが難しい仕事だ、と誰もが諦めている節があった。中島の世代がＹｏｕＴｕｂｅｒに眉をひそめてしまうように、中島の子どもの世代はマスコミを毛嫌いするものなのだ――あいつかって。

――しゃあないねん、俺らは、なあ。

――人さまに胸張れるような仕事はしてへんし、ちょいちょい出る同業者の不祥事、とんでもないのもあるからな、無理ないわ。

お通しの枝豆をしがんでいると、さやからこぼれる豆みたいに誰もの口から後ろ向きな言葉が出てきた。テレビや雑誌で気炎を上げる「ジャーナリスト」なるプロフェッショナルなんて、ここにはひとりもいない。

――えーっ、そんなに自虐せんでも。

結花が庇ってくれるのも、内心では煩わしかった。ええねん、ええねんて。俺らなんか、世間さまにゴミ扱いされても当然のとこあんねんから。

——だって、どこの会社にも悪い人とか変な人はおるでしょ。マスコミで働いてる人だけが特別におかしいわけやないのに。

——普通の会社とはちゃうから。

オーダーは後輩に任せ、中島は飲みかけのジョッキをかざして諭す。

——たとえば、ビール会社の人間が泥棒すんのとそれを報じる側が泥棒すんのとでは大違いや。いっつも人の粗探しばっかしとる連中が、あかんやろちゅう話や。清廉潔白とまではいかんでも、世の中の法律やルールくらい遵守せんとね。

もちろん、入社する時にそんな覚悟などなかった。中島より十歳以上年長のベテランが「俺らの頃は、テレビ局入るなんて言うたら親に怒られたよ」と述懐していたので、きっと黎明期にはうさんくさく、最盛期にはやりたい放題で、衰退期にある現在は時代遅れのくせに威張っている、そういうイメージなのだ。入る前にわかっていたらどうしただろう？　内定辞退を申し出た際必死に慰留してきたあの証券会社、今や丸の内開発を一手に担っているあの商社に進路変更していたか？

お造りの盛り合わせが運ばれてきても結花はまだ納得いかないのか、「自分の子どもが旦那にそんなん言うたら鉄拳制裁ですけど」と息巻いていた。

——まさか中島さん言われてませんよね？　娘さんおるて言うてたやないですか。

——まさかって何やねん。

——だって、中島さん絶対ええお父さんでしょ。ザ・善人やから。

褒め言葉ではないんやろな、と思った。

——人間、プライベートではどんな言動かなんてわからんもんやで。

苦笑してその話題を打ち切った。そう、わかるわけがない。中島自身、あの時あんなことを言ってしまうなんて思いもよらなかったし、明里だって同じだろう。生まれて初めて父親に怒鳴られ、見開いた瞳は水面のようにさざ波立ち、揺れていた。今思い返しても胃がきりっと痛む、けれど後悔なのかどうかわからない。言わんといたらよかった、って思ってるんやろか、俺は。

尼崎に続く道は途中から石畳になり、寺の多い一角に差しかかった。朱塗りの三重塔も見える。「アマ」という土地に猥雑な下町のイメージしか持っていなかった中島には意外な発見で、同時にすぐ近くの街についてちっとも知らなかった己の不明を恥じた。「寺町エリア」というしゃれた立看板もあるから、きっと有名なのだろう。駅前にそびえ立つタワマンさえなければ、京都や奈良の路地だと言われても信じるかもしれない、閑静な通りだった。寺の入り口にはおなじみの人生訓みたいなものが掲示され「見てますか　スマホじゃなくて　みんなの心」という社会啓発のポスターの隣にこうあった。

『どれだけの人がやりたいこともできずに死んでいくのだろう』

そろそろ現実的に死を意識する年頃でもあるので一瞬どきりと足を止め、しかしすぐにちゃうな、と思った。「どれだけの人がやりたいこともわからずに死んでいくのだろう」やな。やりたいことがあるんとないんと、どっちが幸せなんやろ。特に夢もなく生きてきたから、破れる苦しみも知らずにすんだ。なりゆきでテレビ局に入り、打ち込める対象も見つからなかったけれど、希望の部署に行けない悔しさや去る無念さも味わわずにすんだ。何のスペシャリストにもなれなかったが、どこに回されても対人トラブルを起こさず平均点くらいの働きはできる。そんなふうにして三十年。時代のゆるさに甘えて寝ぼけたまなこで生きてきたおっさんや、と自嘲でなく思う。

タワマンと駅の間を通って尼崎駅をスルーし、そのままスロープを上がれば、灰色の、大がかりな工事現場の覆いが見えてくる。今年の十一月に完成するという尼崎城の復元天守だ。せや、城下町やったんやから、あの寺町の風情は当たり前なんやな。明治期に廃城となった城の天守を家電量販店の創業者が十二億円もの私財を投じて復元し、尼崎市に寄贈した——というエピソードはニュースでも何度も取り上げたから知っている。生きているうちに「やりたいこと」をやったわけだ。スケールが大きすぎて、会社の同期のような比較対象にはならなかった。金ってあるとこにはあるもんやな、と十人並み中の十人並みみたいな平凡な感想を抱いただけだ。

……しかし、大丈夫かな。朝の地震で壊れたりけが人が出てへんとええけど。城、地震、ときて中島が連想したのは、二年前に起こった大きな地震だった。美しく黒光りする瓦をまとった城が損壊した。中島はそれを直に見たわけではないが、映像で何度も目にした。ドローンカメラが剝がれ落ちた屋根瓦に肉迫し、崩落した石垣を映し出すところを。もっとも、復元されたレプリカと比べられたらあっちは怒るかもしれない。

「しょうげばし」と銘の入った橋を渡る。川向こうの城址公園と工事中の城がよく見えて、公開されたらいい景観スポットになりそうだった。明里がもっと小さければ「一回行ってみよか」となったかもしれないが、二十歳の女子大生が尼崎城に興味を示すとは思えない。そういえば、最後に家族で出かけたのはいつだろう？　激務で家庭を顧みる余裕などとても――というわけでもなく、参観日や入学式、卒業式といった学校行事にはシフトの都合をつけてもらってちょこちょこ顔を出した。きっちり土日祝しか休めないサラリーマンよりむしろ融通が利いたと思う。娘のほうでも、極端に父親を毛嫌いする時期もなく「親離れ」の範疇ですこしずつ遠ざかっていった。何となくお互いに適切な距離だろうな、という関係に落ち着いてきた矢先じゃなかったか、あの諍《いさか》いが起こったのは。

汗が目に入り、しみた。立ち止まり、同じく汗まみれの指で拭っていると、突然足元でごうんと大きな音がして視界がぶれる。

　きた、と思った。地震や。

　中島の脳は、一瞬のうちに二年間を巻き戻す。

おととしの六月、熊本にいた。四月の熊本地震の発生直後から現場に詰めていた先発隊とGW明けに交代し、ビジネスホテルを拠点に一ヵ月間あちこち回った。土地鑑もない遠方での長期取材は久々で、肉体的にも精神的にもきつかった。毎日毎日、何かネタはないかとアンテナを立て、自らも余震にぴりぴりしながらほうぼう訊き回って素材と原稿をとにかく送る。オンエアされるかされないかは考えたって仕方ない、とにかく目の前で起こっていることを映して切り取る――そんなめまぐるしい日々だった。まだ混乱していた時期に報道車両がガソリンスタンドの大行列に割り込んだとか弁当を買い占めたといった批判も出ていたので、とにかく現地で迷惑にならないよう細心の注意を払った。被害の大きかった益城町あたりはもう取材され尽くしていた感があり、震源から遠くへ遠くへと足を延ばしてわかったのはあまりにも広範な地震の影響だった。いきなりどんっと突き上げ、破壊し、なぎ倒し、呑み込んでしまう。その唐突で強大な暴力の前に立ち尽くす他ない人たちを何人も見た。

どうにかお役目を終え、くたくたになって帰宅し、久しぶりに一家で食卓を囲んだ晩のことだった。食べながら船を漕ぎそうなほど疲労困憊していた中島は娘のひと言で氷水をぶっかけられたように覚醒した。

——取材のヘリの音がうるさくて捜索活動が難航したって、ツイッターで怒ってる人おったで。パパ、あかんやん。

心臓が凍りついた。その一瞬後には煮えたぎり、爆《は》ぜた。

——お前に何がわかるんやっ!!

箸をテーブルに叩きつけ、立ち上がっていた。

——どこの捜索活動が具体的にどんだけ邪魔されて、誰が迷惑をこうむったんや？　そいつはどういう立場で、どういう根拠を持って言うとるんや。何がツイッターや、情報のウラ取る苦労も知らんと無責任なデマ言いっぱなしにしやがって！

お父さん、と香枝になだめられた時はもう遅かった。みるみる目を瞠り、何か大きな裏切りに直面したような表情を見せた娘はすぐに顔を背け、席を立って部屋に逃げ込んだ。明里、と声はかけたものの深追いを避けた妻がふうっとため息をつく。

——怒鳴らんでも……。

中島は黙って白飯をかっ込んだ。そうだ、怒鳴らなくてもよかった。明里は、いつもみたいに「まいったなあ」とおっとりした反応を待っていたんだろうに。反論するにしたって、冷静に話せばよかっただけの話だ。でも中島はどうしても我慢ができなかった。

ひどいやないか、と思った。悔しく、情けなかった。それが仕事、めしの種、と言ってしまえば身も蓋もないが、中島は取材クルーと毎日毎晩膝を突き合わせて考えてきた。何を伝えればいいのか、どうすれば熊本の人たちの力になれるのか。当事者の人生に鮮度もヘッタクレもないのに、発生から時間が経つほどネタとしての「引き」は落ちていく。まして やこんな情報にあふれた時代だ。視聴者に熊本を忘れずにいてもらうため、思い出してもらうために何ができるのか。取材で出会った被災者は「よく来てくれた」と諸手を挙げて歓迎してくれた。メディアは被害の大きいところばかり紹介する、まだ足りないものがたくさんある、困っていることをよその地域に伝えてくれ……たまたま運がよかっただけだとしても、中島のもとに届いた「現地の声」はそうだった。それなりに関係を深め、半年、一年のスパンで取材させてもらえることになった相手もいる。こういう縁を結べるのが現場で汗をかく意義だと、久しぶりの手応えを感じた。

そんな一ヵ月を、たったのひと言でひっくり返された気がした。

膝の裏を突かれたようにかくんと力が抜け、中島は橋のたもと付近でくずおれてしまった。その脇を、大きな荷台つきのトラックが走り抜けていく。

「うわ、びっくりしたなあ」

「また地震か思たわ、橋揺れただけやな」

「いやいや、まだ本チャンがきてへん可能性あんねんで。ほら、熊本の時せやったやろ、油断しとったら本震が……おい、兄ちゃん大丈夫か」

反対側を通行していたじいさんがふたり、中島の側に寄ってきた。

「あ、はい、すんません、びっくりしてもうて」

橋の上を大型車両が通り過ぎただけなのに、考えごとの最中で不意をつかれた。恥ずかしい、と急いで立ち上がろうとするもよろけてしまう。めまいがする。自分の体重を支えるというのはこんな苦行だったのか。

「おい、具合悪いんか」

「兄ちゃん、汗びっしょりやないか」

兄ちゃんなどと呼ばれる年代はとうに過ぎたが、たぶん十代から六十代あたりにまで幅広く「兄ちゃん」「姉ちゃん」を適用しているのだろう。ちょっとウォーキングしてまして、などと詳細を語る気力もなく「大丈夫ですから」を繰り返し、足早にその場を離れたかったのだが、どうしてもペースが上がらない。欄干に寄りかかりふうふうと息をつく。完全にガス欠だ。じいさんたちは「ちょっとそこへ座んなはれや」と中島の肩に手を添えて城址公園のベンチまで誘導してくれた。ふたりともごま塩頭だが元気そうで、釣り人のようなポケットの多いチョッキを着ていた。ああ、俺の思うアマや、とほっとする。昼間からそのへんをうろうろしていて、家族構成は謎、金持ちには見えないが困窮しているふうでもない……大阪やここらの下町でよく見かけるタイプのご老人だった。

「兄ちゃん、さっき泣いとったやろ」

「え、いえ」

汗が目に入っただけで、と説明しようとしたらもうひとりが「そんなん言うたりな」とたしなめた。ちゃうて。

「誰かていろいろあるがな、なあ。ここで休憩してまた頑張りや、身体さえ健康なら何とでもなるんやで。とにかくちょっと休み」

そう言って八個くらいあるポケットをぱたぱた探ったかと思うと、飴の小袋をひとつ取り出して中島に握らせた。

「ほなな、あかんかったら無理せんと病院行きや」と言い残し、連れ立ってどこかへ向かう。

「しかし、健康がいっちゃんむつかしいで。俺の血圧教えたろか?」

「いらん、煙草がまずなる」

「パチンコ行こや」「今金ないねんわ」とやりとりする彼らの背中は「駄菓子屋行こや」とはしゃぐ小学生とさして変わらなく見えた。

中島は問いかけたくなる。やりたいことはありましたか、それは叶いましたか、これからやりたいことはありますか。きっと「何言うとんのや兄ちゃん」と笑い飛ばされるだけだろう——そんなたいそうなもんなくてもな、身体さえ健康なら何とでもなるんやで、と。

中島は飴の封を開ける。この暑さですこしべとついていたが溶けていないのに感心した。昔の飴はもっと品質が悪く、すぐガムみたいにぐにゃっとゆるんだ記憶があるのに。のんきに飴舐めとる場合か、ともちろん思ったが、人生の先輩からのアドバイスもあったし、すこし休まないと本当に行き倒れるかもしれない。黄色い星形の飴は、レモン味だった。まろやかな五つの角を舌先で探る。

負荷からひととき解放された足の裏はじわじわと痛みを放散している。飴の糖分が口の中に広がると全身の細胞が歓喜するのがわかった。カロリーとはエネルギーで甘みとは快楽なのだと、理屈抜きに実感する。ほっとした。疲労や焦りややりきれなさも一緒にちいさくなってくれるような一瞬の安堵が中島の心に空隙《くうげき》をつくり、今度こそ本当に泣きたい気持ちになった。ぐっと奥歯に力を込め、空を仰ぐ。坂本九《さかもときゅう》か俺は、何を泣くことがあんねん。中年男が歩き疲れてへばって通りすがりのじいちゃんらに親切にされて涙する、意味わからへんわ。

かろかろと飴を転がし目を閉じた。雲越し、まぶた越しの、六月の光。熊本の六月は、どんな明るさやったっけ。気温は、空気の匂いは。記憶のところどころはいやになるほど鮮明なのに、思い出せない。

中島には負い目があった。阪神淡路大震災の時、東京支社のラジオ営業にいて何もできなかったことだ。お呼びもかからず、手をこまねいているうちに東京では地下鉄サリンというやはり未曽有《みぞう》の大事件が起こり、関西の地震の情報はみるみる尻すぼみになっていった。世間話で「震災の時何してた?」と訊かれて「仕事で東京に」と答える時、いつも後ろめたかった。在阪の放送局にいながら阪神淡路大震災の恐怖を体験もせず、のうのうとやり過ごしてしまった、とんでもないズルを働いたような申し訳なさが消えなかった。誰が責めるわけでもなかったし、打ち明けたとしても「しゃあないやん」で済まされる話だろう。だからこそ口にしないまま、罪悪感を胸の内側にぶら下げ続けた。触れられたくない、わかってもらいたくないことだってある。

東日本大震災の時も出張要請はかからず、熊本に行ってくれと言われた時は「やっとか」と思った。勝手に背負い込んだ一九九五年の負債を返せるわけでもなかったが、利息ぶんくらいは気楽になっていいんじゃないかと思った。

そんな父親の胸中など知る由もない娘が軽口を叩いたからといって激昂するのはお門違いだ、頭では理解していてもすんなり謝れず、日にちが経つうちにどんどん関係修復のきっかけを失って冷戦状態のまま丸二年が経つ。第三者、すなわち妻による調停に期待したが香枝は「コミュニケーションくらい自分で取りなはれ」と取り合ってくれない。

中島は想像する。

もし、けさの地震がもっともっと激しかったら、死んでまうようなもんやったら、明里に謝られへんかった心残りを抱いて俺は息絶えとったんやろか。

やりたいこともできずに死んでいく。それは何も人生における大掛かりな夢や目標だけではなくて、たとえば飲みたかったビール、セールを待っていた服や靴、そのうち見ようとHDDに溜めていたドラマの続き、誰かに伝えるはずだった、特別でもない言葉。絶望と同じく、他人が大小を決めるべきじゃないひとりひとりの希望。ちいさな舟の積み荷。あるじを失った舟は叶わぬ願いだけを載せてどこへ流れていくのだろう。

遠く、羽音のような響きが降ってくる。

中島は思わず口の中で縮んだ飴を噛み割って目を開いた。灰一色だったままならの景色とさほど変わらない空に、ぽつんとヘリの機影が見えた。どこの社かまではわからないが、きっと報道のヘリだ。

おるんやな。立ち上がった。大きく両手を振りたかった。そこからしか見えないもの、拾えないものを探して目を凝らしているだろうお仲間に。邪魔者のそしりを受けたヘリの音が中島の気力をよみがえらせてくれる。

雲間からこぼれた陽射しを反射してテイルローターがちかっと光った。中島しか見ていなかったかもしれない、一瞬の輝き。道標にするには儚い、昼間の星。

おーい、頑張れよ、いろいろ言われるかもしらんけど、身体さえ健康やったら何とでもなるらしいで。俺ももうちょっと頑張るわな。

よっしゃ、と両手で膝を叩き、さっきまでより大きな歩幅で踏み出した。どうして行くのか、なんて考えるまでもない。会社には仕事があり、みんなが働いているからだ。あすはどうあれ、今この瞬間は泥舟の上で必死にしがみついているからだ。ご立派な「ジャーナリスト」なんていない、マスゴミと罵られれば言い返せずへらへら笑うしかない連中にも、中島と同じような言えない後悔や痛みが必ずある。他人の後悔や痛みを目の当たりにする仕事だから。泥舟からおさらばしていくやつらの中にも、それは確かに降り積もっている。

寄り添う、傷を舐め合う、そんなのは気持ち悪い。人さまの不幸でめしを食っている分際で嘆いている場合じゃない。ただ波に揉まれ、しぶきを浴びながら無様にそれぞれのオールで漕ぐしかない。

飴はすっかり溶けきってしまった。でも甘酸っぱい星の余韻が、まだ中島に力をくれる。

大物を過ぎ、大きな公園の横を通って杭瀬に着き、過ぎ、左門殿川を渡って「西淀川区佃三丁目」の住所プレートを見た時は万歳しそうになった。大阪市内や、とうとう大阪や。左門殿川と神崎川に挟まれた島になっている佃を縦断し、千船駅を過ぎると阪神高速3号神戸線が線路とべったり併走してくる。歩けども歩けども街は呆れるほど平常どおりで、俺はいったい何で歩いてんねやろ、と現実を見失いそうになるとまた頭上からヘリの音で引き戻される。

ああ、たぶん十三大橋やな。大渋滞しとんねやろ。混むってわかっとっても車乗る用事あんねんなあ、こんな日までどっか行かなあかん人間ばっかりで、ほんま世知辛い世の中や。

武庫川の何倍も太い淀川が目の前に現れると、中島はひとりでに笑っていた。電車ならたたんたたんと揺られてものの数秒の距離をのろのろと歩きながら。時に居眠りをし、時に酔っ払い、時に鬱憤や不安を抱えて、これまで何度淀川を渡っただろう。あと何度渡るだろう。体力は限りなく限界に近いのに、一歩、また一歩と福島区に近づくにつれ、ふしぎと身体が軽くなっていく気がした。

幸い、会社のエレベーターはちゃんと稼働していた。ロビーの時計は十二時過ぎを指している。小休止を挟みつつたったの四時間足らず、それでも中島にとっては長く過酷な道のりだった。ワイシャツの汗染みを乾かす間もなく報道フロアに行くと夕方ニュースのスタッフが目敏く中島を見つけ「あっ!」と指を差す。

「中島さん何しとったんですか! ずっとLINE既読つかへんかったんですけど」

「いや、実は……」

髪の毛がすっかりぺったんこになった頭をかいていると今度は市岡が近づいてきた。

「おっ、中島、今来たん？　しんどかったやろ」

やけに涼しい顔をしている。扇子でひらひら中島を扇ぐ余裕ぶりに疑問が湧いた。

「お前、いつ着いてん」

「え、十時前かな」

愕然とした。二時間以上差をつけられている。そんなはずはない。

「ひょっとして、結局タクシー乗ったんか？」

熟練ドライバーが空いている下道でも通ってくれたのかと思いきや、市岡の答えは「自転車」だった。

「たまたま自転車屋見つけて、まだ開店前やったけど中に人おったから開けてもろて、やっすいママチャリ買うたわ。久しぶりのサイクリングもええもんやね」

自転車て。市岡の爽やかな笑顔にもはや腹を立てる元気もなく、中島は甲子園を完投して負けたピッチャーよろしくその場に両手両膝をついた。今度こそ本当に力が抜けた。どうしてそんな簡単な方法を思いつかなかったのか。これが最適な手段をぱっと取れる同期と自分の能力差というものだろう。童話のうさぎと亀のようにはいかない。機敏なうさぎは、もし昼寝をしたってそのぶんのロスをちゃんと巻き返せるのだ。

「おーい中島、大丈夫？」

「ちょっと中島さん、そこおったら邪魔！　あっちのソファで倒れてください。市岡さんも遊んでる場合じゃないですよ」

「へいへい」

市岡の送る微風が、三十年前よりだいぶ寂しくなったつむじにしみた。

地震は大阪の北部に家屋損壊などの被害をもたらしたが、社会生活はあすには元どおりになりそうだった。夕方ニュースと深夜ニュースのオンエア業務を終えてソファで伸びていると、市岡が隣にやってくる。

「きょうはほんまにお疲れさん――ビール飲むか？」

「ええんか」

「ええやろ」

と、報道局次長が言うからにはいいのだろう。冷蔵庫から缶ビールを二本取り出し、さやかに乾杯した。昼間あんなにも切望したビールだが、今はエアコンが効いているし水分も足りているのでさほど感激しなかった。勝手なものだ。それでも反射的に「ぷはっ」と息をついて喉越しを味わっていると市岡が静かに切り出す。

「会社、辞めようと思ってる」

とっさに口をついて出た言葉は「お前もか」だった。どいつもこいつも軽やかに旅立ちやがって。

「うん、社内の人間にはまだ話してへんけど、中島にだけは言うときたくて」

ほとんど口をつけていないビールを両手で持ち、らしくもなく神妙な面持ちだった。

「辞めて何するんか、訊いてもええか」

「大学入り直して、法学の勉強をしたいんや」

「会社行きながらでも大学で学ぶことはできるやろ？」

「それやと足りへん。もっとみっちり、寝る間もないほど追いまくられたいねん。俺、現役の時志望の学部に落ちてな、浪人は金銭的に無理で諦めたけど、諦めたまんまで一生が終わるんはいややって思った」

市岡の、やりたいこと。

「で、もっぺん大学入って、卒業した後は？」

「わからん。でも漠然と人のため、社会のためになることがしたいなとは思う」

面白味のない優等生然としたビジョンの裏には市岡の、市岡だけが知る痛みがあるのだと思った。中島の目にずっと「できる同期」だった男は、三十年報道の仕事をして、人にも社会にも何ら貢献できなかったと感じている。

「ええ役職いただいたものの、視聴率上げるっちゅう至上命題はよう果たせんかったし、まあ、半分は逃げ出すようなもんやけど。……子どもに恵まれへんかったからこそ、こんな勝手もできるんやなって思うよ」

「そうか」

中島は頷いた。頷きはしたがやるせなさを完全に飲み下すことはできず「泥舟に残るん、俺ひとりになるんちゃうやろな」と冗談めかして弱音を吐いた。

お前はおってくれよ、と市岡が言う。

「中島みたいなやつがおってくれんと、ほんまに沈没する」

「何やそれ。お世辞通り越していやみやぞ」

自分の身の程くらい知っている。抗議しても市岡は「ほんまの話や」と譲らなかった。

「お前はずっと変わらず、当たり前みたいにええやつやったやろ。のんびり屋かもしらんけど、人を出し抜いて結果出そうとしたり、手ぇ抜いて楽しようとしたり、そういうずるさと無縁やったやないか。自分のおにぎりをさっとひとつ差し出せるやないか。こんなどろどろした業界で、すごいことやで。今まで言うたことないけど、俺はお前の真っ当さに何度となく助けられたし、こっそり自分を恥じた。どんな組織にも、お前みたいな人間が絶対に必要なんや。せやから、中島が逃げ出すような舟ならいよいよおしまいや」

アホ、と返す声がふるえてしまいそうだったので語気を強めた。

「おにぎりに関してはすぐ後悔したわ」

「ほら、そうやって正直に言う」

「まだしばらくはおるんやろ、きょうで辞めるようなコメントすな」

「いや、まあ、ええ機会かなて。地震のおかげ――なんて思ったらあかんけど、天変地異でも起こらんと恥ずかしいてよう言わん」

なので、中島も一瞬恥を捨てることにして、心から「ありがとう」と言った。

「頑張れよ、身体さえ健康なら何とでもなるからな」

「説得力のあるお言葉やな」

「アマ仕込みや」

ブラインドを上げたままの窓の外には見慣れた堂島川があり、遊歩道の街灯が流れに沿って規則正しく光っている。まだ明かりのついたオフィスビルやマンション。電気が通って街が明るいこと、そこに人がいること、何ひとつ中島のためではないが、ありがたいと思う。誰かの暮らしが、真っ暗な川面に蛍のような光を落とす。あれもきっと、舟や。何て頼りない。何て頼もしい。

中島はもう一度缶を掲げ、さっきよりもそっと乾杯した。

次の日の夕方ニュースまでこき使われてようやく家に帰り、ひと晩、さなぎのように眠った。翌朝、全身の筋肉痛に呻きながら起き出すと、洗面所で明里と遭遇した。動揺でしかめっ面がさらに歪む。

「……おはよう」

おそるおそる口を開く、と。

「おはよう」

どうせ無視されるやろなと思っていた。丸二年、石のごとき沈黙を貫いてきた娘からのぶっきらぼうな挨拶で一気に目が覚める。幻聴か、とゆるくかぶりを振る中島の横をすり抜ける時にも、明里は小声で「行ってきます」と告げた。

「ああ、行ってらっしゃい」

どうにか平静を装って返し、明里が家を出てから慌てて香枝に駆け寄った。

「何やの、今から卵焼くから」

「めしはええねん、明里や、あいつどないしてん」

「よかったねえ」

妻はにやにやしている。

「おとつい、いつまでも寝てるから叩き起こして言うたってん。『あんたがぐうたらしてる間にも、お父さん歩いて会社行ってんねんで』って」

「そしたら？」

「大阪まで？　って訊くから、当たり前でしょって。そんだけやけど、何ぞ思うところあったんやろね、きょうはボランティアの申し込みに行ってくるんやて。何やいろいろ調べとったわ」

そういえば、いつも大学にはスカートを穿いて行くのに、きょうはＴシャツとジーンズ姿で、髪も巻かずに引っ詰めただけだった。

「二年経って、明里もツイッター眺めるばっかの頭でっかちからちょっとは大人になったいうことやね。ええ機会や」

「……そうか」

お前に何がわかるんやと怒鳴った父親の怒りを、明里なりに受け止めようとしてくれているのかもしれない。自分が老いるぶんだけ、子どもは成長している。右肩下がりと右肩上がり、その反比例をきょうほど嬉しく感じたことはない。

「何をしれっとしてんの、照れてんともっと喜ばんと」

「下行って新聞取ってくる」

「逃げよるわ」

玄関先で振り返り、香枝に「ありがとうな」と声をかけた。きょうは天変地異が起こっていないので、ある程度の距離がないと、とても素面《しらふ》では言えない。

「聞こえへんなあ」

フライパンに卵を落としながら妻はとぼける。

「え？　指輪買うたる？」

「言うてへんわい」

寝巻きのスウェットのまま、真新しいスマホだけ持って外に出る。エレベーターを待つ間、勇気を出して明里にLINEしてみた。

『ボランティア行くんやて？　取材したろか』

一階に下り、郵便受けの新聞を回収してリビングに戻ると返信があった。炭酸が喉を遡ってくるような緊張とともに、アプリを開く。

『うっさい、マスゴミ』

ああ、とうとう俺も「マスゴミ」の洗礼を食らったな。きょう、会社で言うたろ。マスゴミって言われてもうたわ、って。

たぶんみんな、訊くだろう。

中島さん、何で笑ってるんですか、と。


（幻冬舎『砂嵐に星屑』に収録）

彼は本当は優しい

古市憲寿

古市憲寿（ふるいち　のりとし）
1985年東京都生まれ。社会学者。慶應義塾大学SFC研究所上席所員。2011年に若者の生態を的確に描いた『絶望の国の幸福な若者たち』で注目され、メディアでも活躍。18年に小説『平成くん、さようなら』で芥川賞候補となる。19年『百の夜は跳ねて』で再び芥川賞候補に。著書に『奈落』『アスク・ミー・ホワイ』『ヒノマル』など。

大賀泰斗の母が大腸癌になったと連絡があったのは、生放送前の打ち合わせ中だった。泰斗は、夜10時から始まる「ニューズピック22」の台本を手にして、番組にゲスト出演する二人の専門家と、質問事項の最終確認をしていた。その日の主題は、「過熱する憲法改正論争」。生放送で扱うには論争的なテーマであったため、普段は顔を見せない報道局長までが現れて、ニュースセンターには若干緊張した雰囲気が流れていた。

「ニューズピック22」では、できるだけキャスターやゲストの主観を排するという方針のもと、これまで政治的な話題はストレートニュースで伝えることに徹してきた。しかし、これほど憲法改正についての議論が新聞各紙や民放各局で盛り上がる中、さすがにそれを大きく扱わないのはおかしいという声が番組スタッフの中からも上がるようになっていた。先の人事異動で、政治家と心情的に近い政治部ではなく、社会部の多い体制になり、改憲に厳しい目を向けるスタッフが増えたことも遠因である。

加えて、普段はあまりインターネットをチェックしない番組チーフの山崎が、「ニューズピック22は官邸御用番組」という記事をたまたま目にしたことも企画を後押しした。局内の世論が決しない今、番組に一方的なレッテルが貼られることは得策でないと判断したのだ。もちろん、「両論併記」に気を遣い、憲法改正に賛成と反対の専門家を一人ずつ呼んだのだが、問題は「ニューズピック22」にしては過激なゲストを招いてしまったことである。結果、本番前の打ち合わせから、彼らは半ば本気の討論を始めてしまったのだ。

泰斗は番組を進行するアナウンサーとして仲裁に入りながら、だから言ったじゃないかという目で山崎のほうを見た。ゲストを選定する段階で、「さすがにこの人はやめたほうがいいんじゃないですか」とやんわりと釘を刺していたのだ。そのゲストはツイッター上でしばしば舌禍事件を起こす札付きの人物だったが、ネット上の世論に疎い山崎は、本や新聞記事だけを読んで問題ないと判断し、出演をオファーしてしまったのだろう。

泰斗も、いつも通りの軽薄な調子で山崎に意見したのがまずかった。山崎がそれを真剣な反対と受け取らなかったからだ。泰斗の軽薄さは、アナウンサーという仕事を十七年続ける中で身につけてきた癖のようなものだった。彼らが求められる中立性を表現するには様々な方法があり得たが、その一つが道化師を演じることである。おどけた態度で物事から距離を取っているように見せる限り、面倒な論争とは無縁でいられた。合理性を重んじる泰斗にとって、軽薄な道化師こそが、この職場で仕事をする上での最適解だったのだ。

そもそも、泰斗は政治にさしたる興味がない。だから、憲法改正という厄介なテーマに首を突っ込むこと自体、乗り気がしなかった。本当ならばスポーツの実況中継やバラエティ番組の司会でこそ本領が発揮できると思っていた。しかし、偶然が重なり局の看板ニュース番組のアナウンサーに抜擢されてしまったのだ。直接のきっかけは、去年の春までメインキャスターを担当してきたアナウンサーが、政治発言を繰り返したことによって番組を事実上降板させられたことにある。国会以上に忖度が横行するこの局では、官邸派か反官邸派かの見えない勢力争いの真っ最中だった。その両者が妥協点として見出したのが大賀泰斗だったわけである。

かつて女性誌で特集された時は「爽やかで穏やか」と評されたこともあるが、上層部が評価したのは彼の外見に「切れるイメージが全くない」という点だった。舌鋒鋭くゲストに切り込むような司会は、この局には不要だというのだ。加えて、どこからどう見ても政治的主張があると見えなかったことが登用の決め手になった。

本番は十五分後に迫っていた。本来ならば、メインニュース以外の原稿を確認しておきたいところだ。さすがに泰斗も中堅と呼ばれる年齢に入っていたから、初見でも問題なくニュースを読む自信はあった。しかし生放送は時間との勝負だ。自分が最も得意とするスピードで読んだ時に、各原稿に何秒を要するのかは確認しておきたい。だが専門家ゲストの白熱ぶりを見ると、このままスタジオに入れるようにも思えなかった。

その時、ジャケットの胸ポケットが振動していることに気付いた。私物のスマートフォンだ。面倒な連絡でなければいいと思いながら、画面ロックを解除する。一時期仲よくしていたが連絡を一ヶ月以上無視しているヨガのインストラクターか、それとも職探しを手伝うといってそのままになっている雇われバーテンダーか、合コンの設定を頼まれて放置していた年配のマンガ家か。そのどれでも面倒だと思いながら着信履歴を確認すると、発信元は全て姉だった。用件はおそらく、LINEでも残されていた次のメッセージだろう。

「お母さん　大腸癌　深刻」

なんだ。それが泰斗の直感的に抱いた感情だった。直前に想定していた「面倒」の当てが全て外れて思わず安心をしてしまったのだ。姉から、母がこの数週間体調を崩していて、病院に通っているという話は聞いていた。まさか大腸癌だとは思わなかったが、高齢の母親が病気だと聞いても、それほど大きなショックは受けなかった。

泰斗は母が四十一歳の時の子どもだ。母は現在八十歳。女性の平均寿命まではまだ何年もあるものの、いつ病気になってもおかしくはない年齢だった。母は今でも、自分で買い物に出かけ、食事を作り、風呂に入る生活を送っているというが、昔と比べると、体力は衰えてきた。姉によれば、外出時には杖やシルバーカートを持ち歩くこともあるという。認知症や記憶障害はないが、若い頃と比べると会話のテンポは遅くなった。しかし日本人女性の平均健康寿命は約七十五歳という。八十歳の母がこれまで介護保険の申請さえもせずに、元気に暮らしてきたことを喜ぶべきなのだろう。

「立憲主義を主張するのに自衛隊への言及はなくていいんですか」

専門家の怒鳴り声で現実に引き戻される。もはやスタッフは静観を決め込んでいた。仕方ないと思いながら、泰斗は二人に割って入る。

「今日、よろしくお願いします」

アナウンサーだけあって、よく響く声に専門家も論戦を止めた。

「僕もそうなんですが、視聴者には、そもそも憲法をなんで変えなくちゃいけないのか、憲法を変えるとどんなメリットやデメリットがあるのかわからない人も多いと思うんです。だから今日は、ごく基本的な話をお聞きしたいんです。お二人からすれば、まぬけにも聞こえることを質問してしまうと思うのですが、一から教えて下さい」

大抵の学者や評論家は、他者に知恵を授け、自分の考えに同調する者を増やすことに、無上の喜びを感じる。彼らに対しては、生徒役に徹するのがいい。それも知識はないが、ものわかりだけはいい生徒ほどいい。ゲストの二人は立場こそ違えども、憲法の専門家であることに変わりはない。だったら、彼らの意見が分裂する遥か手前の、次元が低い基本的な話を聞いていけばいい。

泰斗の司会によって、本番での討論はつつがなく終わった。彼にとって、憲法改正に対する賛否は、子どもがよく交わす「鯛焼きは頭から食べる派かしっぽ派か」「チョコはきのこの山派かたけのこの里派か」という議論と何ら変わりがない。両陣営の話を聞き、大げさにリアクションを取りながら、どうしてその考えに至ったかを深掘りしていけばいいだけだ。大切なのは結論を闘わせないこと。世の中には話し合いで決着のつかない問題があるから、多数決というものがあるのだ。意見を対立させる両者は、違う宗教を信じている異教徒のようなものなのだから、容易に考えを変えるわけがない。だからせめて司会である自分が、うまくどちらにも転びそうな狂言回しを演じるしかない。

「おかげで助かったよ」

専門家を局の玄関まで見送った後、チーフの山崎から声をかけられる。

「いや、まじで緊張しましたよ。もうこれから梅雨の湿気対策とか、そういう軽いテーマでいきましょうよ」

反省会のため再び局の廊下を歩いて会議室まで戻ろうとする時に、スマートフォンをチェックする。未読メッセージが七件溜まっていたが、そのうち六件は姉からだった。

「今日CT撮りました　もしかしたら？の結果が現実に」

「大腸癌」

「血液内科　無理かもと」

「一年二年先まで到底無理手術もラストチャンス？」

「手術しない場合は数ヶ月」

「お母さんは嫌だというけど足のむくみ」

素人の打つ文章は読みにくい。文脈を共有しない相手に対する配慮が不足しているからだ。しかも泰斗よりも十五歳年上の姉は、二つ折りの携帯電話からスマートフォンに機種変更したのも遅く、未だにLINEの使い方をきちんとわかっていない節がある。せめて句読点くらい打てるようになって欲しいと思いながら、どう返信するか迷って一言だけメッセージを送った。

「明日電話します」

衣装のスーツを脱ぎ、メイクを落としていると、社会学者の友人から「みんなで人狼しているよ」という連絡と、情緒不安定なグラビアアイドルから「泰斗くん、今日飲めない？」という誘いが入っていた。どちらも顔を出しておきたかったが、今日は二週間も前から、海老原有加と約束をしていた日だった。これまでの四回は彼女からの誘いを適当な理由で断ることができたが、さすがに五回連続で「忙しい」は通用しないと思って、家に呼んでしまったのだ。今から思えば、閉店が深夜2時くらいのレストランで待ち合わせをすればよかった。そうすれば、明日は早いという理由でそのまま別れることができたはずだ。母が病気だと伝えれば、有加も納得してくれただろう。しかし、家に呼んでしまった手前、彼女を深夜に帰宅させるわけにもいかない。局を出て、西口玄関からタクシーに乗り込む。時刻はまだ深夜0時をまわったばかりだった。

カーテンの隙間から強い日射しが差し込んでくる。もう昼過ぎなのだろう。わずかな期待を込めて薄目のまま横を向くと、有加はまだ隣で寝ていた。目覚めて、誰かが隣にいる時ほど憂鬱さを感じる瞬間はない。一緒のベッドで眠るほどの関係だからといって、人間として一番に見苦しい状態を見せ合う義理まではないはずだ。

フリーで女性誌の編集者をする有加を友人に紹介されたのは、もう一年ほど前のことである。仕事時間が不規則で、お互いに会う時間をそれほど作れない。それが理由で付き合い始めたのに、最近の彼女は泰斗と頻繁に会うことを求めてくる。せっかく月に一度か二度会うだけで済む関係を続けてきたのだが、最近ではどうすれば穏便に距離を置けるのかばかりを考えていた。

鬱陶しい気持ちが収まらないまま、彼女を起こさないようにそっとベッドから降り、リビングに出る。バルコニーの広さが気に入って借りた中野坂上の家だったが、数ヶ月前に一度だけ友人と試したバーベキューの残骸が今もそのままになっている。スマートフォンを見ると、未読メッセージが十二件たまっていた。再来月に友人と行くことになっているロンドン旅行の日程の相談、そして姉からのメッセージだ。さすがに今日は連絡をとらないとまずいだろう。気が重かったが、姉に電話を掛ける。LINEで詳細を聞いてもよかったが、要領を得ないやりとりを繰り返すよりは通話のほうがマシだと思った。LINE通話には応答がなかったが、電話はすぐつながる。

「泰斗?　どう思う?」

「姉貴、大変じゃなかった?　大丈夫?」

本当は「いきなりどう思うもねえだろ」と返したかったが、おそらく姉は突然の母の癌宣告に動揺しているのだろう。とりあえず慰めの言葉をかけながら、状況整理に努める。そういえば姉とは正月に会ったきりで、こうして話すこと自体が非常に久しぶりだった。そのせいか、姉のイントネーションや話し方がいちいち新鮮に聞こえる。

泰斗が小学生だった時、姉は結婚した。夫は千葉の市役所で地方公務員として働く、木《ぼく》訥《とつ》な男である。戸籍上は大賀の家を離れた形だったが、結婚後も両親と泰斗と同じ家に住み続けていた。結婚当初は「子どもができたら家を買う」と言っていたが、不妊治療もうまくいかなかったため、そのまま親元で暮らし続けている。幕張にある一戸建ては、都心に比べれば敷地面積も広く、また東京へも出やすかったため、二世帯が住むのに特に問題もなかったのだろう。

姉の話を整理すると、母は確かに末期の大腸癌であるようだった。本人の希望により、この数年は健康診断も最低限の項目しか受けてこなかったため、今まで癌の存在が見逃されてきたらしい。医師によれば、手術をしない場合の余命はおそらく数ヶ月、手術をしたとしても何年生きられるかはわからないという。

話の要点をメモしながら、泰斗は想像以上に自分が冷静なことに驚いた。なぜ母がもうすぐ死ぬかも知れないというのに、あまり感情が揺れ動かないのだろう。

だが考えてみれば、自分が母に対して特別な思いを抱いたことは、生まれてから一度もなかったのかも知れない。放課後に遊ぶ友人、サッカー、遊戯王カード、ストリートダンス、初めてできた彼女。成長過程と共に、自分が最も大切にするものは変わってきたが、人生の一番はいつも母以外の誰かや何かだった。特段仲が悪かったわけではない。年齢が離れている親子ゆえの遠慮はあったかも知れないが、遠慮という感情自体、思春期以降に芽生えたものだ。母を誰よりも愛した時期というのは残念ながら思い出すことができない。

社会人になってから、母と会うのは、年に一度か二度になった。ここのところ、会話という会話を交わしたこともない。ささやかな思い出話や、最近の仕事について話すことはあっても、その時間は長くても数分ずつだった。もし母がこの先百歳まで生きるとしても、コミュニケーションの総時間は二十四時間にも満たないのだろう。職場の仲間とは毎日十時間近く、災害時などは下手をすれば数日にわたって寝食を共にすることもある。比べれば、現在の泰斗の生活において、母の存在感がいかに薄いかがわかる。

しかもここ最近は、母の顔をまじまじと見たくなくて、わざと目線を逸らして会話をするという有様だった。

きっかけは些細なことだった。数年前、帰省の途中に家の近所のセブン-イレブンに寄った時のことである。レジを待っていると、自分の二人前にやけに会計にもたつく高齢者がいた。時代遅れのパーマをかけて、こちらも年代物だろう、ねずみ色のジャンパーを着ている。どうやらおにぎりを三つ買いたいだけらしいのだが、薄汚い財布から小銭を出すテンポがとにかく遅い。家族がチャージ済みの電子マネーを渡してあげればいいのにと思いながら、いらいらして列に並んでいた。実家に戻ると、先ほどセブン－イレブンで老婆が買っていたおにぎりがテーブルの上に置いてあった。ショックだった。母の老いに対してではない。自分が母を認識できなかったことに衝撃を受けたのだ。それ以来、泰斗は努めて、母と会ったとしても、その姿をじっくりと見つめないようにしてきた。

「どうすればいいと思う？」

姉の質問で現実に引き戻される。手術をして余命を延ばすのか、それとも年齢を考えて手術をしないのか。泰斗は即答を避けた。それは最善の選択肢を選びかねたというよりも、姉の真意がわからなかったからだ。どちらの考えもあり得た。母と一日でも長く生きることを望むのか、母の苦痛を避けることを最優先にするのか。実際に今、母と共に暮らすのは姉であって、姉の気持ちを優先すべきだと考えた。そのニュアンスだけは会ってみないとわからない。近いうちに、姉と母に会いに行くことを約束した。

電話を切ると、有加はソファに座ってホットチャイを飲んでいた。泰斗が気に入っていたマグカップを使われたことに、少しだけ苛立つ。

「お母さん、病気なの？　心配だね」

「うん、これからちょくちょく実家に帰らなくちゃいけないかも」

そう言いながら、有加に対するちょうどいい言い訳ができたことに、泰斗は内心喜んでいた。

中野坂上から丸ノ内線に乗り、四ッ谷で総武線に乗り換えて幕張を目指す。車内はそれほど混んでいなかったが、いつもの癖でドア付近にもたれかかり、車窓を眺める。秋葉原を過ぎると、雑居ビルや住宅の数が一気に増え、そこが東京か千葉かがわからなくなる。県境であるはずの江戸川を越えても、街並みに大きな変化はない。窓に映った自分の表情は心なしか暗いように見えた。深くかぶった帽子のせいだろうか。

正月以外に実家に帰るのは久しぶりのことだった。一時間半もあれば行ける距離なのだから、もう少し頻繁に帰省してもいいのかも知れないが、家を出て二十年近くが経つせいか、母や姉と話したいことは特段ない。総武線幕張本郷駅の南口ロータリーからタクシーに乗り込み、実家の場所を告げる。姉からは「ヤクルトと水」「おかゆ少し　メロン」という一読すると意味不明なメッセージが定期的に届いていた。おそらく、母が何を食べたかを報告してくれているのだろう。確かに食は細くなっているようだが、それでも朝になると庭を散歩して、自分で育てているインゲンの様子を見ているらしい。風呂にも自分一人で入れるし、時には自転車に乗って近所のスーパーマーケットへ行くこともある。その人が健康かどうかを外形的に判断する基準の一つは、自分の力で歩くことができるかどうかだというから、内科的にはともかく、外科的に母はまだ健康と言えるようだった。

タクシーを降りて、家に入ると姉がリビングでテレビを観ていた。もう二十年以上前に母が大塚家具で買ったシンプルなダイニングテーブルには、ビニール製の安っぽいクロスがかけられている。父や泰斗がいた時代のまま、椅子は五脚残されているが、父が座っていた椅子だけは、荷物置き場になっていた。椅子だけではなく、部屋中に電化製品の箱や、雑誌が乱雑に積み重なっていて、姉が昔から片付けが苦手だったことを思い出す。

「ただいま。母さんは？」

「お帰り。奥の自分の部屋で横になってるよ。見に行ってきたら？」

LINEでのやりとりに比べて、姉はやたら落ち着き払った様子だった。単純にスマートフォンで文章を打つのが不慣れなだけだったのかも知れない。こうやって会えば、姉がきちんと話せることにまずは安心をする。もっとも、洗いざらしのスウェットと、美容院に行ってから何ヶ月もそのままになっているだろう髪型には、さすがに一言こぼしそうになった。自分の姉がこれほど不格好な人物だっただろうかと逡巡するが、現在の泰斗は毎日のようにアナウンサーや芸能人など、人前に出ることを生業にする人物に会っている。姉がみすぼらしく見えてしまうことは仕方がないのだろう。

リビングを出て、廊下の先にある母の部屋を覗きに行く。父の部屋と母の部屋は、襖で区切られた二間続きの和室になっている。十年前に父が死んでからは、母がその二つの部屋を独占していた。一応の整理整頓はされているものの、木彫りの熊や日本人形という、ある時代の日本人が愛したインテリアたちが無造作に並べられている。父の遺品はほぼ片付けられていたが、レコードプレーヤーと、鉄道模型だけはそのまま残されていた。思い出のために保管してあるというよりも、単純にどのような方法でゴミ収集に出せばいいのかわからなかったのだと思う。

母は、ベッド兼用のソファに横になりながら、居眠りをしているようだった。テレビでは芸能人たちが一週間のニュースにコメントをしていく番組が流れている。五年ほど前に付き合っていた他局のアナウンサーが司会をする番組だった。結婚を前提に付き合おうとなって、母に紹介したこともある。彼女は泰斗の知る限り三人と浮気をしていたが、そのうちの一人が泰斗の間接的な上司だったことがわかり、それからほどなくして別れてしまった。事後報告は家族にしていない。もしかして母はまだ自分が彼女と付き合っていると思っているのだろうか。リモコンを探してテレビを消す。

「お母さん、元気なかったでしょ」

「そう？　すやすや寝てたけど」

「最近、寝てばかりなのよ」

母の部屋に滞在したのは正味一分ほどであるが、その間、ついに母の姿をきちんと見ることはなかった。どうしても、セブン－イレブンで目撃した老婆の姿がフラッシュバックしてしまうのだ。あの時は顔こそきちんと見なかったが、顔は老いが発現しやすい場所の一つである。皺、たるみ、シミ、潤いのなさ、血色の悪さ、そして表情といったように、老化のシグナルがこれでもかというほど可視化されてしまうのだ。泰斗が恐れたのは、後ろ姿で母を「母」と認識できなかったように、顔を見たときに母を「母」と思えなかった場合だ。人には、どこかで崖を越えたように老化が始まり、それまでのイメージが崩れきってしまう固有の瞬間があると思う。母がその一線を越えてしまったのか、それともまだその前で踏みとどまっているのか、泰斗は確かめるのが怖かった。

姉は未だに母をどうするのか悩んでいる様子だった。手術を受けさせて延命を図るのか、それともこのまま何もせずにいるのか。実のところ泰斗はどちらでもいいと思いながら、姉の話を真剣に聞くふりをしていた。

泰斗は、決定という行為にはあまり意味がないと考えている。たとえば、AとBという選択肢が提示されていた時、人はどちらかを選ぶことで、まるで違う未来が来ることを想像してしまいがちだ。しかし実際には、同じAの中でも限りなくBに近いAも存在するし、同じようにBの中にも限りなくAに近いBも存在する。そもそも選択肢がAとBに分かれるまでに、いくつもの段階があったはずだ。だから、AとBのどちらを選んだとしても、未来がほとんど変わらないということがまま起こり得る。むしろ重要なのは、AとBという選択肢に共通して存在する与件、つまり既にそれとして与えられている条件と、いかに向き合うかということだ。この場合、動かしようのない与件は、医者の話を信じる限り、母が遠くない未来に死ぬことである。手術を受けようが、受けまいが、母は死ぬ。だから重要なのは、姉がどのように母の死を納得できるかだと思った。

そこで泰斗が提案したのは、セカンドオピニオンに頼ることだ。姉の話を聞く限り、母は一人の医者によって診断を受けただけだし、血液検査とCT検査しか受けていない。さすがに末期癌自体が誤診だとは考えにくかったが、医者によって病の深刻度に関して見立てが違うこともあるだろう。またCTスキャンだけではなく、全身のMRI検査を受ければ、より詳細な病状がわかるかも知れない。何より決断の先延ばしができる。その間に、姉も母の死という与件を受け止められるのではないかと思った。

「とりあえず、仕事で知り合った先生がいるから、セカンドオピニオンを聞いてみるよ。病院に行って、カルテやCTの写真をもらっておいて」

「カルテもらえるのかな。先生、気を悪くしないかな」

「患者の権利だから大丈夫だよ」

家を出る前に、もう一度母の様子を窺いに奥の部屋へ行くと、先ほどと変わらない様子のまま、ソファで横になっているようだった。後ろ姿だけちらっと確認すると、そっと部屋を後にする。かつて父がいた部屋には仏壇が安置されていて、その上には父と、泰斗が会ったことのない祖父と祖母の白黒写真が飾られていた。急ごしらえだったのか、写真の父は眼鏡が反射していて、口も中途半端に開いている。合成によって喪服を着せたのだろうが、首を境界に写真の解像度もまるで違う。母の遺影にふさわしい写真はあるのだろうかと、ひどく現実的な懸念が頭の中をよぎった。

局へ行くと、ニュースセンターが慌ただしかった。与党の総務会で、ついに憲法改正原案が了承されそうだというのだ。連立与党は衆参共に三分の二以上の議席を確保しているので、これにより国会で改憲が発議され、国民投票が実施されることはほぼ確実となった。先の選挙で連立与党は大勝していたものの、一時期は改憲より長期政権が優先されるのではないかという見立てが強かった。党内や連立を組む政党との調整の難しさはもちろん、強引に国民投票まで持ち込んだところで、反対される可能性も高い。そうなれば現政権は責任を問われ退陣を迫られるだろう。そのリスクを冒す勇気が現政権にはないというのが、もっぱらの識者の読みだった。その見立てが、この数ヶ月であっさりと覆されてしまったことになる。

憲法改正原案は衆議院議員百人以上、もしくは参議院議員五十人以上の賛成で国会へ提出することができる。両院の憲法審査会で審査された後、本会議に持ち込まれ、総議員の三分の二以上の賛成によって発議される。野党は、憲法審査会における議論時間を気にするだろうから、審議には約四ヶ月が見込まれているという。国会による発議の後、いわば改憲の選挙期間にあたる国民投票運動期間が設けられるが、初の改憲となれば最長の百八十日が設定されるだろう。つまり、国民投票は今から約十ヶ月後ということになる。国民投票の投票権は十八歳以上の日本国民が有するので、母も有権者ということだ。十ヶ月後、果たして母は投票ができる状態にあるのだろうか。

そういえば、姉から一向に母のカルテが届く気配がない。断続的に「今日もヤクルト野菜」「微熱」という母の様子を知らせるLINEは届いていたが、病院に行ったという連絡はなかった。実家に帰ってから一週間以上が経つので、さすがに催促のメッセージを送る。するとほどなく「まだ病院には行ってないよ」という返事が来た。LINEの返事だけは早い。つまり時間の余裕はあるはずなのだ。推測するに仕事を辞めてからが長い姉は、社会的な用事を嫌がる傾向にある。専業主婦として家にいる生活だと、家族以外の誰かに物事を依頼したり、交渉したりという機会はそれほど多くない。病院や医師という外部の人間との交流が面倒なのだろう。

実母のことなのだから、泰斗自身が病院とのやりとりを引き受けるべきかとも思ったが、仕事の忙しさと生活圏が離れていることもあり現実的ではない。何より、育児も仕事もしていない姉が母の面倒を見て当然だという気持ちがどこかにあった。カルテを入手したら連絡をして欲しいとメッセージを送ると、母の写真が送られてきた。画像をダウンロードせずに、そのままアプリを閉じる。

一度だけ深呼吸をして、喧噪のニュースセンターに意識を戻す。次の番組の準備をするアナウンサー、せわしなく資料を運ぶアルバイトの学生、だらしなくネクタイを緩めて簡易ソファの上で仮眠する記者。「働き方改革」の大号令のもと、生放送が減らされ、一人あたりの業務量は減ったとはいえ、報道の現場は相変わらず慌ただしい。だからこそ余計、姉の時間感覚に腹が立つわけだが、定期的に死人を出すこの職場と、姉たちの暮らす世界、そのどちらが正しいのかはわからなかった。

医療情報とCT写真が収められたCDが送られてきたのは、それからさらに二週間が経過してからのことだった。姉曰く、町内会長の息子が急逝したため、葬儀の手伝いで大変だったらしい。地元の町内活動が比較的活発なのは知っていたが、ただ病院にカルテを取りに行くだけでなぜそれだけの時間がかかったのか不思議だった。健康番組の取材時に知り合った消化器外科医の髙山医師には、すでに母の病状を説明している。ようやくカルテとCT写真が届いたことを伝え、さっそくセカンドオピニオンの予約を取り付けた。姉のスケジュールはおそらくがら空きだろうが、念のためLINEで候補日を送る。

「ニュースピック22」のスタッフルームへ行くと、プロデューサーたちが今日のメインテーマを何にするか話し合っているところだった。この番組では速報性が重要だというコンセプトのもと、できるだけぎりぎりにその日のテーマを決めるようにしている。だいたい午後3時くらいまでに話題が決定し、夕方までに出演が可能な専門家に連絡を取る。

「今日のテーマ、どうするんですか」

「またこの前の二人を呼ぼうと思うんだけどどう思う？」

山崎は、数週間前と同じゲストで再び憲法改正についての議論をスタジオで展開したいようだ。国会には憲法改正原案が提出され、憲法審査会での議論が続いているものの、「ニューズピック22」では改正案の内容をストレートニュースで伝えるのみだった。正直面倒臭いと思いながら、一アナウンサーに企画の拒否権がないことは山崎もわかっているはずだ。

「またこの前みたいに、基本的なことを聞くってことでいいですか」

例の回は、視聴率にこそ恵まれなかったものの、憲法改正に対して肯定的、否定的な両上層部から放送内容を絶賛されていた。一見すると意見を戦わせるように見せながら、結論自体を決して交わらせないことで、賛成派も反対派も「我が意を得たり」と思ってくれたのだ。山崎としても、そろそろ上層部の機嫌を取っておきたいのだろう。

与党から提出された憲法改正原案は、もう何年も前から噂されていた通りの内容だった。改憲の発議要件を緩和する96条や、緊急事態条項の新設に関する議論は見送られ、憲法9条の加憲のみが記されている。いわゆる平和主義について定めた憲法9条の改正だが、1項の戦争放棄と2項の戦力不保持はそのままに、3項として「前項の規定に反しない範囲内において必要最小限度の自衛力を持つ組織を保持する」という一文を加えたのだ。

先の選挙で改憲に積極的な政党ばかりが議席を増やしたため、より過激な改正案が提出されるのではないかという予想もあった。しかし長年にわたり連立を組んできたリベラル色の強い政党に配慮し、想定しうる中で最も穏便な案が採用されたようだ。そのため、憲法改正に強く反対する左派はもとより、右派からも批判の声が挙がり、賛否両論の議論が巻き起こっている。泰斗は、「国民投票までのスケジュール」「今後の争点」といった穏便な話題を中心に議論を進めていこうと考えていた。

しかし、本番が始まると泰斗にとって想定外の方向に議論が進んでしまった。前回大荒れとなった事前の打ち合わせは、共に初対面ではないということもあり、比較的穏便に進んだ。本番での討論が始まってからも、前回と同じく両陣営の意見をできるだけ戦わせないという方針のもと、事前に準備した論点がさくさくと消化されていった。だが国民投票の手順という話題になった時に、専門家が突然、質問の矛先を泰斗に向けてきたのだ。

「あなたはどうなの。憲法改正に賛成なの、それとも反対なの」

虚を突かれたものの、それは想定されていた問いだった。泰斗なりの模範回答ももちろん用意している。

「僕ですか？　正直、まだ賛成か反対か確固たる意見があるわけではありません。この数ヶ月をかけて、じっくり自分の意見を決めていこうと思います」

アナウンサーは時に、中立的な立場を装って自分の意見をさりげなく言葉の中に紛れ込ませることがある。原子力規制委員会のニュースを伝える時に「原発事故を起こした東京電力に原発を運営する資格はあるのでしょうか」という前置きをつけるといった具合だ。

しかし泰斗の場合、憲法改正に関しては本当にどちらでもいいと思っていた。それで景気がよくなるわけでもないのに、莫大な予算と手間暇をかけて改正に躍起となる政治家の気持ちはわからなかったし、改正によってすぐに日本で戦争が始まると煽る評論家にも同調はできなかった。その意味で彼は、憲法に対して確固たる意見なんて持ちようがないと思っている。去年研修でフランスに行ったとき、同僚が日本では憲法改正が敏感な問題だと説明していたことに対して、フランスの政治記者たちがぽかんとしていたことを思い出す。フランスにおける憲法とは、法律の専門家に任せる問題であって、改正の是非が日常の会話に上がることはまれだとも言っていた。だから、多少は上品に説明してはいるものの、泰斗の準備した回答に嘘は一つも含まれていない。だが、専門家は泰斗の答えに納得しなかったようだ。

「あなたもこれまで散々、憲法に関して報道してきたはずでしょう。視聴者とは違う立場のわけだ。それが国会審議の段にもなって、賛成も反対も決められないということはないはずですよ」

今、ツイッターや匿名掲示板では、このやりとりを巡ってちょっとした騒ぎが起こっているはずだ。考えてみれば、この専門家はネット炎上で自分の名前を有名にしてきた人物なのだ。前回の出演があまりにも穏便に終わってしまったため、アナウンサーに何かもの申す機会を見計らっていた可能性がある。副調整室からの指示が飛んでくるはずのイヤーモニターからは、山崎たちの何やら議論をしている声しか聞こえてこない。

「私個人の意見になってしまいますが、報道に携わる者として、できるだけ自分の意見を決めておきたくないと思っているんです。確固たる考えをあらかじめ持っていると、どうしても物事を伝える上で何らかの誘導をしたくなってしまう。だから、甘いと言われるかも知れませんが、ぎりぎりのぎりぎりまで何が正解かを迷うというのが、私たちの仕事なんじゃないかとも思うんです」

やや踏み込んでしまったが、アナウンサーとしても許容範囲内の発言だろう。そこまで発言したところで強引に話題を、国民投票へのスケジュールの話に戻す。泰斗につっかかってきた専門家は、やや納得しないという様子だったが、残りの放送時間は穏便に乗り切ることができた。

賛成も反対もどちらでもいい泰斗にとって、これほどまで改憲について盛り上がれる人の存在が不思議だった。そもそも、賛成派と反対派がこれから議論を詰めていく過程で、どちらの結果になっても対立意見は意識されることになる。改正が決まれば、反対派の懸念点を払拭するような言動を与党はとり続けなければならない。逆に改正が否決されれば、改正論者たちは次のチャンスを探し続けるだろう。重要なのは、国民投票が実施されるその日というよりも、その前後においてどのような議論が行われたのかという点だ。

「山崎さん、僕どうしたらよかったですかね」

「まさかあんな形でアナウンサーに突っ込む人がいるとはねえ。アナウンサーが迷っている姿をさらすなんてけしからんって文句の電話はあったらしいけど、気にしないでいいよ」

一応しおらしく山崎の反応を窺ったが、決して悪印象ではなかったようだ。山崎自身は、時折、反権力を匂わせる発言をすることがあるが、究極的には政治的なポリシーが何らない人物というのが泰斗の見立てだった。彼が気にするのはもっぱら上司の顔色であり、番組が政治部の強い体制に戻れば、意見を簡単に変えるのは目に見えている。その意味で、泰斗は山崎が嫌いではない。勝手な思い込みを普遍的な正義と勘違いするような人物よりも、自分の欲望をきちんと認識している彼のほうが、よっぽどまともだと思う。

スマートフォンを見ると、姉から「お母さん　今日もあまりご飯を食べない　お風呂は自分で入った」という連絡が入っていた。セカンドオピニオンの件には反応がない。ご飯の件は無視して、日程の確認だけをするＬＩＮＥを送ると、今度はすぐに返事があった。

昨日の「ニューズピック22」は、予想通り視聴率には恵まれなかった。特に分刻みで見た時に、スタジオ討論コーナーでは明らかに数字が落ちている。しかしこの番組としては珍しく、複数のネットニュースで記事になっていたようで、それだけで山崎をはじめとしたネットに疎いスタッフたちは満足そうだった。「大賀アナ悲劇。老舗ニュース番組でまさかの炎上」といった他愛のない内容だったが、上層部の指示によって若年層の反応を気にするスタッフは、ネット記事になること自体が嬉しいのだ。

調子をよくしたスタッフたちが今日のテーマに選んだのは、「声優人気の秘密」。何を今さらという企画だが、時に人気俳優や女優を上回る声優の人気が理解できない高齢者のためのトピックだ。ゲストにはドイツ出身のインテリ声優が来てくれて、ネット上での評判は上々だった。泰斗にとっても、昨日のような憲法論争に比べて、スタジオの進行ははるかに楽だった。

番組が終わり、スマートフォンを見ると、姉から六件の新着メッセージが届いていた。恒例となった母の病状についての報告だろう。母のことが心配なのはわかるが、そればかりが姉の生活になっていないか心配だった。末期癌を宣告されているとはいえ、母はまだ介護が必要な状態ではないのだ。これから母がどれくらい生きるかわからないが、今からこの調子では、そのうち姉の体力が持たなくなる危険性もあった。泰斗にとって、それは都合が悪い。自分勝手だとはわかっていたが、自分が仕事を休んでまで母の介護をしようというつもりはなかった。気分がなかなか乗らなかったが、ＬＩＮＥを開き、姉からのメッセージに目を通す。

「今日は　ご飯はいらないという」

「食べたくないとすぐ拒否」

「あとで無理にでも食べさせる」

「熱が39度2分ある」

「右下腹がずっと痛いという」

「お風呂は今日も自分で入れた」

思わず頭を抱えてしまう。この内容が本当ならば、姉は母が高熱であるにもかかわらず、入浴をさせ、無理にご飯を食べさせようとしていることになる。いくら何でも無茶苦茶だと思った。健康な若者であっても、体温が39度2分あれば、風呂は控えるし、食事は喉を通らない。仮に母が癌でなかったとしても、高齢者が39度を超える発熱を催した場合、病院へ行くべきではないのか。それとも、高齢者が高熱を出すのは日常茶飯事なのだろうか。

ニュースセンターを出て、セカンドオピニオンについて相談していた髙山医師に連絡を取る。やや遅い時間なのが気になったが、いつもやりとりするフェイスブックのメッセンジャーでの返信は夜中にもあったはずだ。エイトで検索した番号に連絡するとすぐに電話に出てくれた。アドバイスは明確だった。今すぐに救急車を呼ぶこと。癌のための発熱だとしても、別の原因だとしても、身体が衰弱しているのは間違いない。救急車が大げさというのなら自家用車でもタクシーでもいいから、とにかくかかりつけの病院に行くのがいいと助言された。

確かにそうだ。泰斗も納得して、すぐに姉に電話する。

「姉さん、119番して。もしかしたら危険な状態かも知れないから。浩輝さんに車を出してもらってもいいから、すぐに病院に行くのがいいと思う」

「大げさじゃないかな。まだこれからお母さん、ご飯食べるかも知れないし」

「とにかく119番ね」

母の病気をきっかけに、久しぶりに姉と集中的に連絡をとることになったが、仕事をしていない人間とのやりとりが、ひどくストレスのかかることだと思い知らされた。局内でも当然、仕事のできない人間というのはいる。しかし気が利かないと思うことはあっても、言葉が通じないと思うことまでは少ない。思い立ち、姉の夫である浩輝にも電話をする。公務員生活が長く、安閑とした人物だが、さすがに今の姉よりは役に立つだろう。また実の親の病気ではないため、ある程度は客観的にこの状況を見ているはずだ。

「浩輝さんですか。母が高熱を出してしまったみたいで、姉が動転しているようなんです」

「泰斗くん、久しぶり。さっきまで生放送に出ていたでしょ。もう電話ができるの」

なんて牧歌的な夫婦なのだ。姉から散々、浩輝についての悪口を聞いたことがあるが、実はお似合いの二人なのではないか。

「姉は救急車を呼んでいましたか」

「お義母さんのことでしょ。心配だよね。もう救急車は呼んだみたいだよ。田舎だからサイレンを鳴らしても近所迷惑にはならないと思うから心配しないで」

別にそんな心配はしていないと突っ込みそうになったが、実際に母を間近で見ているはずの二人がこの調子なのだから、むしろ泰斗一人が勝手に騒ぎすぎているだけなのかも知れない。万が一のことがあれば千葉までタクシーを飛ばそうかとも思ったが、その必要もないだろうか。とにかく、病院に着いて状況がわかったら連絡をして欲しいと頼み、電話を切る。

姉から連絡があったのは、泰斗が中野坂上の自宅に帰ってからだった。時刻は深夜1時を回っている。母はかかりつけだった県立の中央病院に入院し、現在処置を受けている最中だという。姉の報告はいつものごとく要領を得なかったが、三十分待たされて診療室に連れて行かれてからは、まず血液検査を行い、CTスキャンで撮影もしたようだ。その結果、前回の診察時よりも癌の部位が広がっていることがわかったという。訴えていた腹痛も癌が原因の可能性が高いので、そのまま入院することになった。容体はいつ急変するかも知れず、数日中により危険な状態になる可能性もあるという。姉は電話で何度も「予想よりも早すぎる」と言っていたが、泰斗の記憶では、手術をしなかった場合、母の余命は数ヶ月だと宣告されていたはずだ。それにしては悠長な対応をしていると思っていたのだが、あえては何も指摘しなかった。

医者には、明日までに病状が急変した時の対応を考えておいて欲しいと言われたという。危篤状態になった場合、心臓マッサージや気管切開をするのか、それとも延命措置は取らないのか。姉が「無理な延命はしなくてもいいよね。心臓マッサージをしても、年齢的に肋骨が折れる危険性があるんだって」と聞いてきたので、泰斗もそれに同意した。

「姉さんも疲れていると思うから、もう家に帰ったら？　何かあったら電話してね。俺も明日、病院に行くようにするよ。また連絡する」

きちんとねぎらいの言葉を忘れずに電話を切る。明日は、出社前に病院に顔を出すことにした。LINEを開くと、未読メッセージがいくつかたまっている。一つは、返事を先延ばしにしておいたロンドン旅行の件だ。マンチェスターまで足を伸ばして、サッカーの試合を観戦しないかという提案だった。予定はもう来月に迫っている。航空券は予約してあるが、ホテルなどはまだ何も押えていない。事情を話すのも面倒なので、友人には「来週返事する」とだけメッセージを送り、カレンダーをまじまじと見つめる。もしイギリスにいて母が危篤となった場合、病院に駆けつけるまでには一日近くかかるだろう。それも、すぐに航空券が手に入るかわからないし、直前で購入する場合、どれくらいの値段になるかも想像できない。

今まさに母が死のうとしているのに、来月の旅行のことを真剣に考えている自分は、冷酷なのだろうか。それとも、せめて母の死に立ち会おうとしているだけで、それは十分に人間的と言えるのだろうか。

病気が発覚してからの一ヶ月、眠る前に目を閉じてから、つい母の死を考えてしまう時があった。スピリチュアルなことは一切信じない泰斗であったが、そんな時に限って「思考は現実化する」というフレーズを思い出してしまい、できる限り母が長生きする姿を想像するようにしていた。しかしそのすぐ後には、この先あと何度、母の死を心配しなくてはならないのだろうと、ひどく冷めた思いも去来する。

認めたくないことだが、泰斗は心のどこかで母が少しでも早く死んでくれることを望んでいた。母が死にさえしてくれれば、入眠時の不安も消えるだろうし、姉と不毛なやり取りをする必要もなくなる。気兼ねなく遠くの国へ出かけることもできる。このような感情は、病気の家族を抱える人間にとってありふれたものなのだろうか。それとも自分が極度に自分勝手でわがままなのだろうか。

LINEには有加から、担当していた特集記事が手を離れるので、来週以降は時間が自由になるという連絡も入っていた。いつもなら「俺が今忙しくなっちゃった」とでも返信しておくところだが、誰かに母のことを相談したいという気持ちが芽生えて、食事の約束をしてしまう。

平日昼間の総武線は、それほど混雑していない。公共放送でも民法でも、局職員のアナウンサーは電車通勤が基本だ。しかし毎日のようにテレビに出演する仕事でありながら、声を掛けられることは稀である。地方局に勤務していた時は、地元の高齢者たちに身内のような挨拶をされたものだが、東京では誰かに話しかけられたり、握手を求められる機会は多くない。一般的に言って、アナウンサーの顔は覚えにくい。声に特徴がある人物は多いが、芸能人と違って必ずしも特徴ある顔立ちというわけではないからだ。

しかし今日は珍しく、ホームで電車を待っている時に、姉よりもやや年上の女性に話しかけられた。

「いつも夜のニュース観てます」

とっさのことだったが、その女性に向けて満面の笑みを浮かべて、頼まれてもいないのに握手をする。

「ありがとうございます。これからもよろしくお願いします」

通常は、このやりとりで相手は満足して、それ以上話しかけてくることはない。しかし会釈をして、歩き出そうとする泰斗を女性はなおも引き留めようとした。

「写真、撮らせてもらえますか」

中年女性と駅で撮った写真が流出したところで何のスキャンダルにもならないだろうが、正直なところ気が進まなかった。しかし泰斗が断るよりも、ほんの少しだけ女性のほうが早かった。

「実は、母がファンなんです」

「お母さん？」

「ええ、今、旅行でフィンランドに行っているんですけど、写真撮ってあげたら喜ぶかなと思って。もちろん、無理強いはしません」

ここまで言われたら、断るわけにはいかない。泰斗は長身を活かして、その女性と自分が写り込むようにセルフィーをしてあげる。

「お母様はおいくつなんですか」

「八十六歳です。旅行が唯一の趣味で、今年だけでもう三回目の海外旅行なんですよ」

そういいながら女性は、自身のスマートフォンから彼女の母の写真を見せてきた。ここのところ母の顔を直視できなかった後ろめたさのせいか、その画像をまじまじと凝視してしまう。ローマのコロッセオを背景に撮られた写真だ。八十六歳の女性は赤い花柄のワンピースを着て、満面の笑みを浮かべていた。髪は短く切り込まれ、化粧っ気もないが、表情は潑剌《はつらつ》としている。目元や口元にはくっきりと皺が刻まれているものの、その分、頬にしっかりとはりがあるのがわかる。

散々テレビでは「元気な八十代」を紹介してきたはずなのに、軽く衝撃を受ける。現在の八十代とは「そういう」年なのだ。同じ八十代でも、要介護5の寝たきりや認知症の高齢者もいれば、元気に世界中を飛び回る人もいる。テレビ業界にも、八十代はもちろん、九十代の現役脚本家やプロデューサーまでいるではないか。泰斗は何となく八十代のことを、死期を待つだけの世代だと認識していたが、とんでもない誤解だった。母は、その気になれば、花柄のワンピースを着て海外旅行にでも行ける年齢だったのだ。そういえば、泰斗が学生時代に乗ったNPO主催の世界一周の船旅でも、最高齢の乗船者は九十八歳だった。

中央病院へ着くと、姉がテレビを観ながら、ベッドの隣に座っていた。母は、点滴につながれたまま、深く眠っているようだ。状況から察する限り、母の容体は刻一刻と悪化しているのだろう。さっき、全く面識のない八十六歳の顔は見られたくせに、やはり今日も母の顔は見たいとは思わなかった。むしろ、あの八十六歳よりも、八十歳の母のほうが老いて感じられたらどうしようと、余計な心配をしてしまう。泰斗の中での「母」は、あの八十六歳よりもはるかに若いイメージで止まったままでいる。

「点滴の中に鎮痛剤が入っていて、よく眠っているみたい。時々、目を覚ますんだけど、そんなにしっかりした会話もしてない。だけど、救急車呼んで大正解よ。昨日の夜は本当に危なかったみたい。泰斗に連絡してよかった」

「病状はどうなの？」

母は眠っていたが、本人がいない場所のほうがいいだろうということで、病院の屋上へ移動することにした。何本かの木が植えられただけの粗末な屋上庭園は、日中は入院患者や見舞客が自由に利用できるように開放されている。自動販売機でコーヒーとミネラルウォーターを買って、ベンチに腰を下ろした。南へと向かって厚い雲が続いていたが、まだ雨が降り出しそうな気配はない。海が近いはずなのに、ここのところ急速に増えたタワーマンションのせいで、視界がふさがれてしまっている。泰斗が子どもの頃から幕張新都心の開発は始まっていたが、住宅地区がここまで拡大したのは2000年代に入ってからのことだ。

「水もらっていい?」

姉がペットボトルに手をかける。

「コーヒーじゃなくていいの?」

「私、コーヒー飲まないよ」

泰斗の中では、姉といえばコーヒーというイメージがあった。インスタントコーヒーでは飽き足らず、コーヒー豆を求め、わざわざ焙煎をしていた姿がやたら脳裏に焼き付いている。あれはもしかしたら母だったのだろうか。

そういえば、こうして姉とゆっくり話すこと自体、随分と久しぶりだ。年の離れた姉は、子ども時代の泰斗には、よき相談相手であったし、姉は泰斗に様々なことを打ち明けた。その全てを覚えているわけではないが、旦那以外の男と熱海へ行ったことなど、姉は無邪気に話してくれた。今思えば、不倫の告白に違いなかったわけだが、当時まだ子どもだった泰斗に、姉は油断しきっていたのだと思う。

その姉も老けた。隣に座る中年の女性は、テレビの街頭インタビューに答える「田舎のおばさん」そのものだ。皺やシミが目立つのはもちろんのこと、大して手入れをした形跡もないヘアスタイルと、何年も前に買っただろう体型が隠れる服。いつか母のように姉が倒れた時は、自分も介護要員として駆り出されるのだろうか。だが、自分の時間を割いてまで、姉の介護なんてしようと思えるのかは甚だ疑問だった。

「お母さん、もう家には帰れないって。貧血もひどかったから、心臓に負担もかかっていたみたい。まだ手術をするという選択もあるし、対症療法で痛みをやわらげていくかだって。どう思う？」

姉からいきなり話を振られて、一昨日の「ニュースピック22」のスタジオを思い出す。専門家に憲法改正に賛成か反対かを迫られた時だ。

「母さんと話はできた？　母さんはなんて思ってるのかな」

「ちょっとは話したけど、すぐに薬で眠っちゃうから。さすがに本人には聞けないでしょ」

どちらにせよ、救急車で運ばれた母が、今すぐに手術ができる体力があるとは思えない。手術をするかしないかは、今日中に決めなくてはならない類いの問いではないだろう。

「姉さんはどうしたい？　母さんが元気になって、また一緒に家で暮らしたい？」

「それは無理よ。お医者さんがもう家には帰れないって」

泰斗は勝手に、母ができるだけ元通りの生活をすることを姉が望んでいると考えていた。だからその淡々とした態度に少し驚く。仮に医者にそう言われたとしても、こうもあっさりと受け入れられるものなのだろうか。姉は、母の病気にあれほど気を揉んでいたではないか。姉は母の余命が少ないことに内心ほっとしているのかも知れない。それとも、母の長生きを強く祈っているのだろうか。

「ここにいるって聞いたから」

姉への返答を考えあぐねていると、急に聞き覚えのある声がした。振り向くと、スウェット素材のパーカーと、オーバーサイズのデニムを穿いた小太りの女性が立っていた。明るく茶色に染められた髪は、高い位置でポニーテールにされている。妹の利香子だった。泰斗が彼女と会うのはおそらく十年ぶりのはずだ。突然家を出てから、没交渉になっていたのだ。年末年始にさえ実家に姿を見せていなかったはずだが、姉は連絡先を知っていたのだろうか。

「利香子、お母さんにはもう会ってきた？」

「うん、寝てたけどね。驚かせたら悪いからすぐに帰るよ」

利香子は、泰斗と対照的な人生を歩んできた。

泰斗は、地元の進学校に進み、大学受験を難なくクリアして、テレビ局のアナウンサーになった少なくとも経歴の面においては恵まれた人生を歩んできたと言える。一方の利香子も、子どもの頃こそ、姉や泰斗以上に将来を有望視されていた。誰が教えるわけでもなく一人で文字を覚えることができたし、父が鼻をかみたいのでティッシュを持ってきて欲しいと頼むと、一緒にゴミ箱まで持ってくるほど気の利く娘だった。しかし、小学校の高学年に上がる頃から、急速に勉強ができなくなっていく。後に姉は、視力が低下したにもかかわらず眼鏡を掛けることを嫌がったため、授業に後れを取ったという分析をしていたが真相は不明だ。姉も泰斗も勉強で苦労したことはなかったため、母は利香子をどうしたらいいかわからなかった。

結局、中学を平均以下の成績で卒業し、偏差値47の商業高校に入学する。その後、大学へは進まずに、地元のドラッグストアやショッピングモールのパワーストーンショップなど、様々な職場を転々としていた。母や姉とは喧嘩が絶えなかったというが、一緒に買い物や食事へ行ったりと、それなりの関係は保っていたはずだ。しかし父が死んだ翌月、急に荷物をまとめて家を出てしまった。それ以来泰斗は、一度も利香子に会ったこともなければ、自分から探そうとしたこともなかった。大阪支局で初めてのレギュラー番組を持って忙しい時期だったし、姉や母から事件性はなさそうだと聞かされていたので、それほど気にも留めていなかった。

十年ぶりに会う利香子は、泰斗のほうを見ようとしない。俺は利香子と仲が悪かったんだっけ。泰斗は、自分が利香子とどのような関係にあったかを思い出すことができなかった。小学生の頃に一緒にゲームをした記憶や、マンガを回し読みした思い出はある。だけど、その後はどうだっただろう。互いが成長してからの具体的なエピソードは何一つ思い出せなかった。

「利香子、今は何してるの？」

「名古屋で主婦してる。子どもは二人」

二十歳のイメージで止まっている妹に、子どもまでいたことに驚く。しかし彼女ももう三十代後半だ。泰斗は今年で三十九歳になったが、テレビ局という職場では未婚の三十代や四十代はさして珍しくない。しかし世間一般の基準に照らせば、結婚をして子どもを持つ者のほうが多数派だ。親戚の集まり以外で独身であることを追及されたことはなかったので、すっかり自分がマイノリティであることを忘れていた。

子どもが二人いると聞くと、彼女の服装や体型にも納得がいく。小学校二年生の男の子と、保育園に通っている五歳児だという。子どもを義母に託して、わざわざ名古屋から千葉まで駆けつけたということは、彼女なりに母のことを心配しているのだろう。親の死期が迫るというのは、十年会っていなかったきょうだいを、もう一度引き合わせるくらいの大きなイベントではあるらしい。

よく、共通の敵を前にすると人は団結すると言われる。泰斗はそれが嘘だと知っている。戦争の末期、倒産間近の会社、震災後の福島。どんな場所でも、他人のことを思いやれる人がいるように、どこにでも他者を出し抜こうとする者はいる。だけど今、屋上にいる三人は、少なくとも今この瞬間、同じ人物のために時間を使っていた。それは他人から見れば、仲のいい家族にさえ見えたのかも知れない。

母は持ち直した。食事と排泄は自力で行うことができず、点滴につながれたままだったが、意識ははっきりしているという。姉が呼びかけると目を覚まし、きちんと会話をすることもできる。泰斗も出勤前、三日ぶりに病院へ向かうことにした。夜にレギュラー番組を持つことで、ほとんど誰とも食事や飲み会の予定を入れられないのは苦痛だったが、昼間の時間を自由に使えるのはありがたい。

病室に入ると、母はテレビをつけたまま眠っているようだった。幸いなことに、窓のほうを向いていて、顔は見えない。「母」と、実際の母を比べなくて済むことに安心してしまう。起こそうかどうか迷っていると、担当の医師らしき男性に話しかけられた。おそらく五十歳前後なのだろうが、顔にたるみはなく、身体も引き締まっている。白衣を着ていなかったらアスリートと見間違えたかも知れない。

「息子さん？　お母さん元気ですよ。体力があるんでしょうね。正直、入院された時はどうなることかと思ったんです」

そこまで話したところで、母が身体を動かし、起きようとしているように見えたので、二人で目を合わせて廊下に出る。

「いつも付き添われているのはお姉さんですよね。どこまで僕の話が伝わっているかわからないんですが、お母様のこと、どれくらいご存じですか」

「末期癌で、手術をしても一年か二年、しない場合は数ヶ月ではないかということまでは聞いています。どちらにしてももう家には帰れないということですよね」

職業病なのか、口からすらすらと母の死に関する情報が出てきた。医師の胸元を見ると、田中というネームプレートがつけられている。

「お姉さんには話したんですが、家で最期を看取るという方法もあると思います。今は介護保険のおかげで、それほど家族の負担がなく在宅介護ができるようになりました。お母様の状態なら、要介護3にはなるでしょうからね。現実的な話をすると、ここは中央病院なので、治療ができない患者さんにいつまでも入院して頂くことができないんです。近いうちに、家で介護をして頂くか、それとも違う病院に転院して頂くかを決めてもらうことになると思います」

初耳だった。姉からは、手術をするかしないかの相談ばかりを受けていた。田中医師にそのことを聞くと、困惑した表情を見せた。

「お姉さんは、手術をするかしないかの二者択一という選択肢しかないと思い込まれているみたいなんです。我々が二ヶ月前の診察で手術という方法もあると提案したのは事実なんですが、高齢ということもありますし、この状態での手術は正直、おすすめできません。それなら、住み慣れた家に戻って頂くのもいいかと思うんですが、お姉さんと話して頂いてもいいでしょうか」

断片的にしか把握していなかった母の状態が、田中医師との数分の立ち話で次々と明らかになっていく。姉の話では、母は家にはもう戻れないということだった。それはもしかしたら姉の願望だったのだろうか。田中医師と別れた後、病室の外のベンチで時間をつぶしていると姉がやってきた。

「田中先生と話したよ」

「田中？　ああ、お父さんが癌になって入院した時は、まだ若造だったんだよ。今は部長みたいな肩書きがついてるでしょ。もう五十代になるのかな。昔はもっと太ってて、クマ先生、クマ先生ってお父さんと話してたの。今はすっかりスリムになったよね。糖質制限だって」

すぐ話が本題から逸れてしまうのは姉の昔からの特徴だった。子どもの頃は、その全てを聞くように心がけていたが、泰斗は成長と共に話を聞き流すコツを覚えていった。それが今の仕事でも活《い》きていると思う。素人の話は八割聞き流していたほうが、要点を的確につかむことができる。

「家に戻ったらどうですかって話、聞いた？　最期は家で看取るのはどうですかって」

「うん、言ってたよね」

「姉さんは、どっちを選んだほうが心残りがない？　母さんに死ぬまで病院にいてもらったほうが気が休まるのか、それとも家で終末期を穏やかに過ごしてもらうのか。できるだけ俺も協力するから、治療が一段落したら、母さんを家に連れて帰る？」

「ううん、やめとく」

そのあっさりした態度に一瞬うまく反応できなかった。泰斗は、姉が母を家で看取りたいものだと決めつけていた。介護といっても、母は数日前まで家で生活を送っていたはずだ。しかも母の病気についてはかなり真剣になって悩んでいた。泰斗の困惑をよそに姉は言葉を続ける。

「気持ちとしては家で看てあげたいとは思うけど、病気が病気だから難しいかな」

「今は介護保険もあるから何とかなるんじゃないかな。母さんの目が覚めたら聞いてみる？　家と病院、どっちがいいのかって。母さんは、住み慣れた家のほうがいいのかな」

「家で誰かが死ぬと不吉でしょ。その部屋、もう使いたくないってなるかも知れないから。それに、お母さんが家にいると、色んな人がお見舞いに来るじゃない。お母さん、五人きょうだいなのよ。今は病院だからいいけど、家だとお茶出したり、大変だから」

そこまで言われたら、泰斗はもう黙るしかなかった。

「親が家で死んだら不吉ってどう思う？」

まだ飲み物しか注文していないというのに、泰斗は姉についての愚痴を有加にぶつけてしまった。彼女は泰斗の言葉を聞いていないのか、メニューを見ながら食事を選んでいる。

「がんもどきとこんにゃくは食べたいよね。あと牛タンもおいしかった気がするな」

夏も近いというのに、おでんが食べたいと言ってきたのは有加だ。泰斗は特に食べたいものもなかったので、二人でたまに来ていた乃木坂にあるおでん屋を予約した。半個室が多く、深夜まで営業している使い勝手のいい店だ。有加は散々悩んだ末に、おまかせ盛り合わせを頼む。

「あんなに悩んでたのに、自分で決めなくていいの？」

「どれもおいしかったと思うから、どれでもいいかなって」

ちょうど店員が持ってきてくれたハイボールで乾杯をする。帯で夜のニュース番組を担当していると、ゆっくりと夕食を取れる機会は週末に限られてしまう。その貴重な週末に有加と会うなんて、つい数ヶ月前までは考えられないことだった。彼女の顔をじっくりと見つめる。細い目と、丸い鼻のせいで決して美人とは言えない顔だが、顔のパーツはバランスよく配置されている。きちんとメイクをすれば印象は大きく変わるだろう。大学時代はミスキャンパスの候補に選ばれたこともあると自慢していた気もする。

「最近は、遺体ホテルってのもあるくらいだからね」

姉ほどではないが、有加の話はいつも唐突だ。

「何の話?」

「もう、知ってるでしょ。私が仕事している雑誌、読者の年齢層が上がってて、最近は介護とかお葬式とかの記事もあるの。部数が下がってたんだけど、それで盛り返したって話したじゃん。だからちょっとお葬式には詳しいんだよね」

「ごめん、ちょっと忘れてた」

有加がメインで仕事を持っている雑誌は、富裕層の主婦向けのファッショナブルな媒体として確固たる地位を築いていたはずだ。そのような雑誌までが介護や葬式の特集を組むほど、親の死は、誰にとっても身近な問題ということなのだろう。

「今って、マンションに住んでいたり、色々な理由で、病院で死んだ人を家に戻せないことが多いの。だから、火葬するまで一時的に預かってくれる保冷設備付きのホテルが流行してるんだって」

そういえば泰斗の「ニューズピック22」でも、高齢化によって首都圏の火葬場がパンクしているというニュースを扱ったことがある。日本で一年間に生まれる子どもの数は百万人弱だが、死者の数は百四十万人を超える。しかも高齢者の絶対数は都市部が圧倒的に多く、東京だけでも年間十万人以上の人が死んでいる。そのため死者に対して、火葬場の数が全く不足しているのだ。友引の営業も今では当たり前になったが、それでも火葬まで一週間以上待たされる例は少なくない。遺体ホテルが流行する理由もわかる。

「でも家に遺体を安置しておけないってのは、マンションが規約で禁止してる場合だよね。俺の実家は一戸建てだし」

「そういうことじゃないの。たとえばだよ、私と泰斗が結婚したとするじゃん。それで君のマンションに住むとするでしょ。だけど突然、私が病気になって入院先で死んじゃうの。私の死体をさ、マンションに連れて帰れる？　葬儀まで何日も置いておける？」

有加との話は、いつも嚙み合っているのかどうかがわからない。何て返事をしようか迷っていると、こんにゃくと玉子、はんぺんが運ばれてきた。確かにおまかせで頼むというのは楽だ。

「お姉さんが冷たいんじゃなくて、泰斗が愛情深いだけなんじゃないかな。でも、自分で介護ができるわけがないこともわかってるから、いらついている。そんなところじゃない？」

こんにゃくを頰張りながら、有加が分析めいたことを話す。泰斗が姉にいらついていることは事実だが、それは彼自身が愛情深いことを意味しないと思う。本当に泰斗が母を愛しているなら、今この時間も幕張にいて、必死に母の看病をしているはずだ。

ひとしきり盛り合わせが来た後、梅稲庭うどんとチーズ八つ橋を食べると、二人とも満腹になっていた。会計を済ませ青山通りに出る。時間はまだ22時前だった。珍しく泰斗のほうから二軒目に誘うと、あっさりと断られた。

「明日、ゴルフなんだ。朝5時半起きなんだよね」

そう言うと、有加はタクシーを止めるためにさっさと手を挙げる。いつも誘いを断ることばかりを考えてきた相手から、急にそっけなくされると戸惑う。思わず呼び止めそうになったが、さすがにやめた。タクシーに乗り込む彼女を「おやすみ」と言って見送る。

まだ家に帰る気にはなれずに、誰かに連絡を取ろうとスマートフォンを手にすると、同期のプロデューサーからメールが入っていた。秋にスペシャル番組を作るのだが、十月の連休中に、ハワイ島のマウナケア天文台までロケに行くことは可能かという問い合わせだ。シルバーウィーク中は帯番組の「ニューズピック22」が休止になることを知っていたのだろう。加えて、同期の泰斗には仕事を頼みやすかったのだと思う。いつもならば二つ返事で行くと即答するところだが、返答を待って欲しいとメールを送る。だが、送信ボタンを押してから、ではいつになれば、きちんとした返事ができるのだろうと考える。そういえば、来月のロンドン旅行についても未だに返信ができていない。どちらも、本当の答えは明確だった。「母が死んでいたらハワイに行けます」「母さんが死んだらロンドンにでもマンチェスターにでも行けるよ」。

ぼんやりと外苑東通りを歩いていると、いつの間にか新国立競技場のあたりまで来てしまった。まだ先だと思っていたオリンピックはとっくに終わってしまった。あの熱狂を思い出す。メディアは連日のようにオリンピック開催賛成か反対かを巡る議論を伝えていた。しかし実際のところ、オリンピックがあってもなくても、毎日の生活が劇的に変わる人なんてほとんどいなかったはずだ。

泰斗は、自分の人生に直接は関係のない話題に夢中になれる人を疑問に思う時期があった。しかし同じ理屈でいえば、本当は母が死んだところで、泰斗の生活に大した影響はない。葬式や遺産相続で多少の時間は取られるかも知れないが、母の死んだ日から生活が一変するわけでもない。それにもかかわらず、なぜこれほどまでに母のことを考えてしまうのだろう。

戸籍上の親子だから？　血縁関係にあるから？　自分が彼女から生まれたから？　そのどれでもない気がした。強いて挙げるなら、生まれてから二十二歳で家を出るまで、毎日のように同じ家で暮らし、時間を共有してきたことが、今の泰斗と母をつなぐ最大にしてほぼ唯一の紐帯だと思う。一年は八千七百六十時間だから、単純計算で二十万時間近く、泰斗と母は時を共有してきたことになる。そして、家を出てから二十年近くが過ぎ、母と離れて十五万時間を過ごしてきたことが、母の死を冷静に考えられる一番の理由だ。

家族、恋人、友人、同僚、知人。親しさを測る度合いは、結局のところ時間以外にあり得ないのではないかと思う。愛情を含めたあらゆる感情は、相対的であり、それゆえ論理上、誰に対しても無限に注ぐことができる。配偶者と不倫相手を一〇〇%の力で愛することも、世界中の人を一〇〇%の力で愛することも、主観的には決して不可能ではない。
だが、全ての人にとって時間だけは有限だ。だから決断しなくてはならない。誰と何時間、どのように生きるのか、と。仕事を始めてからの泰斗は、そのほとんどの時間を仕事と友人関係に費やしてきた。その十五万時間近い歳月に、母はほとんど存在していない。母の死を悲しまないことが薄情なわけではなく、すでにこの十五万時間、母に対して薄情だったのだ。有加は泰斗のことを愛情深いと表現してくれたが、やはりそれは間違いである。正しくは、泰斗の人生における前半部分の二十万時間が、母のことを考えさせてしまうだけなのだ。

小康状態になった母は、一ヶ月ほど入院していた中央病院から、実家からも近い私立病院に移った。姉は毎日見舞いへ行っているようだが、泰斗はしばらく病院に顔を見せていない。母が末期癌の宣告を受けてからすでに三ヶ月が経っている。泰斗は考えた末、友人と行くはずだったロンドン旅行をキャンセルし、ハワイでの仕事も断った。もし海外にいたことで母の死に立ち会えなかった場合、その時に感じるだろう後味の悪さを想像したのだ。決して外せない用事ならともかく、いつでも行ける場所、代わりの利く仕事だ。そのせいで、母が死んでから数年にわたって、最期の時間に立ち会えなかったという後ろめたさに苛まれるのは避けたいと思った。

　しかし、父が死んだ時のことを思い出すと、自分が合理的でない思考を始めているのではないかと不安になる。祖父母は泰斗が物心つく前に亡くなっていたので、自身にとって近親者の死には父というサンプルしかない。父が胃癌で死んだ十年前、泰斗には、悲しいという感情が全く湧かなかった。当時担当していた夕方のニュース番組の開始直前に訃報を聞いたが、番組の視聴者はおろか、スタッフでさえ泰斗の身内に不幸があったと気付いた人はいなかったはずだ。母と連絡を取り、通夜と告別式を一日で済ませるプランを組んでもらい、日取りも泰斗が仕事を休まずに済む土曜日にしてもらった。当然、死に目には会えていない。泰斗が父と対面したのは、死後四日が経過してからだった。しかも、せっかくの機会だからと市役所に書類を申請に行ったり、同級生に会ったりしていて、納棺にも立ち会わなかった。それにもかかわらず、後ろめたさを感じたことは一度もない。

　きちんと泰斗はその理由を言語化できている。父が死んでからも、何度も彼のことを思い出してきたから、というのがそのわけだ。

　父とは生きている時、まともに話をしたことがなかった。鉄道会社の経理として働いていた父は、内向的な性格で、家では趣味に没頭することが多く、家族との時間をあまり持とうとはしなかったのだ。戦前の児童雑誌を蒐集するのが好きで、よく神保町の古本屋街に出かけては、古い雑誌を買いこんできていた。インターネットが使えるようになってからは、一日中パソコンをいじっていたようだ。泰斗の仕事にはさして興味がなかったが、田河水泡の弟子を辿る番組に関わった時には、撮影の様子を細かく聞かれた。しかし、父との思い出はそれくらいである。正確にいえば、それくらいだと思っていた。

大阪支局で働いていた時のことだ。泰斗が三十歳を越える頃、二宮充という新人アナウンサーが赴任してきた。新人は東京で半年間の研修は積んできているが、赴任してきた段階では素人同然というレベルのこともある。特に二宮はひどかった。原稿を時間通りに読むことはおろか、ミスをせずにニュースを読めた例しがなかった。さらに帰国子女ということもあり漢字が苦手で、五輪を「ごわ」と読んだ時は、スタジオが騒然となった。しかし本人は決してふざけているわけではなく、いたって真面目なのだ。泰斗は番組で一緒になったことはなかったが、たまたま彼と局を出るタイミングが一緒になったことがある。挨拶くらいしか交わしたことがなかったが、彼が落ち込んでいるように見えたので一言だけ声をかけることにした。

「入社三年目までは給料泥棒でいいんだよ」

泰斗自身、金沢に赴任したばかりの頃を思い出すと、悲惨な思い出しか浮かんでこない。夜勤の当番を忘れて友人と飲んでいて、代わりにディレクターがニュースを読んでくれたこと。ニュースを順調に読みすぎて、最後の十秒間、尺が余ってしまって、おじぎをし続けて乗り切ったこと。三枚あったニュース原稿のうち一枚をスタジオに持っていくのを忘れて、大雪の話題が途中から通り魔のニュースになっていたこと。もちろん上司にはひどく怒られたが、初任地が大都市ではなかったため、視聴者にもおおらかな人が多かった。それを考えると、いきなり大阪に配属された二宮は大変だったと思う。だから彼の気持ちはわかるつもりでいた。そもそも、カメラの前で何十万人、何百万人に向けてニュースを読むという仕事は、経験の中でプロになっていくしかない。入社一年目や二年目の人物に過剰に期待するほうがおかしいのだ。

その時は本当に一言だけを交わして二宮と別れたが、数年後、東京で再会した時、彼からひどく感謝された。

「あのとき僕、すごく救われたんです。自分でもびっくりしちゃうくらい原稿が読めなくて、本当にまわりを困らせるばかりだったじゃないですか。でも、初めは仕事なんてできなくて当たり前だっていうのを大賀さんから言ってもらえて、すっと肩の力が抜けたんです」

その時まですっかり忘れていたが、「入社三年目までは給料泥棒でいい」は泰斗自身が父から言われた言葉だった。赴任して一年目か二年目に実家へ帰った時だろうか。もしくは、父が金沢へ遊びに来てくれた時だろうか。泰斗がこぼした何らかの愚痴に対して、父がぼそっとその言葉を言ったのだ。そのことを思い出して泰斗が急に黙り込んでしまったので、二宮はあのとき、さぞ困惑していただろう。

他者との関係は、死んだ瞬間に全て終わってしまうわけではない。むしろ、死んでから始まる関係もある。生きていても、年に一度か二度しか会わない人はたくさんいる。そうかと思えば、死んでから何度も思い出す人がいる。そう考えると、誰かが生きていることと死んでいることの間には、それほど大きな溝はないのではないのか。少なくともそう信じることで、泰斗は気持ちが楽になった。

母が死んだら、これから自分はどんな母を思い出すのだろう。今、病室に横たわっている母と、新しい思い出を作ることは難しそうだ。それならば、これから偶然に出会う過去の母のほうが、泰斗にとってはよほど魅力的に思えた。何せ母とは既に二十万時間近くを共にしているのだ。今、泰斗が思い出すことのできない、数え切れないエピソードがそこには隠れているだろう。

その意味で、わざわざ母の死に目に立ち会う必要はないようにも思えた。父の死をサンプルとして考える限りにおいて、母の死に立ち会えないことが、泰斗の心に何らかの禍根を残すとは考えられない。それにもかかわらず、なぜ自分がロンドン旅行やハワイでの仕事を断ったのかが不思議だった。

だが、自分でも理由がよく説明できない行動ほど、そこから逆算することで、未来の指針たり得ることも泰斗はよくわかっていた。だから彼は、自身の考える合理性に反する思考や行動を大切にしている。主観的な決断は、泰斗の最も苦手とするところだ。予測可能な範囲においては何を決断しても結果はそれほど変わらないだろうという信念と、予測もできないような未来をいくら心配しても仕方ないだろうという諦念ゆえである。

しかし過去を振り返れば、決断を下したという意識なしに、何らかの意思決定をしたタイミングは確実に存在する。アナウンサーという仕事を選んだのもそうだし、誰と付き合うかという友人関係もそうだ。それがストレスのない選択だったからこそ、自分がそれを選び取ったことさえ覚えていないのだ。だから、意識なしに実行に移せた決断こそが、最も大切にするべきことなのではないかと思う。つまり、父の経験があるにもかかわらず、母の死に立ち会いたいという想いは、泰斗の感情の原理において、何らかの重視すべきポイントがあるということなのだろう。母の死に立ち会いたい。そうやって、自分の感情の置き所を確認すると、泰斗の心は不思議なほど穏やかになった。


母の容体が急変したという連絡が入ったのは、国会での審議がいよいよ大詰めを迎えるという金曜日の夜だった。

泰斗は母が転院してからは一度も見舞いに行っていない。死に立ち会いたいという気持ちを確認してから、生きている母に対する興味が失われてしまったのだろうと自己分析をしていた。この一ヶ月以上、仕事が忙しかったというのもある。日本海に面した隣国が断続的にミサイルの発射実験を繰り返していたため、局はその対応に追われていたのだ。泰斗も通常勤務に加えて、万が一の場合に備えて週末も出勤しなければならない日が何度かあった。隣国の挑発行為は今に始まったことではないが、憲法改正の審議が国会で進んでいるということもあり、官邸や与党が盛んにミサイル問題を議論しようとしたのだ。同様にマスコミも連日のように隣国についての報道をしていた。実際には日本領土にミサイルが落ちたことは一度もなく、落下地点も全て領海外だったにもかかわらず、「日本上空を通過」「納沙布《のさっぷ》岬東2000キロに落下」といった表現で、メディアは危機を煽った。

一連のミサイル騒動は、憲法改正に対して間違いなく追い風になるだろう。改正に賛成する政治家たちは「憲法改正によって日本の平和は約束される」と繰り返した。去年の成功体験があるのだろう。一年前の秋に実施された総選挙で、議席を大きく減らすと思われていた与党が過半数を獲得できたのは、投票日直前に実施されたミサイル実験の影響が強いと言われている。インターネット上では「日本政府が隣国に金を渡して、ミサイルの発射時期を調整してもらっている」という陰謀論までがまことしやかに囁かれていた。泰斗自身は、そのような根拠のない噂には与するつもりはなかったが、この数週間の熱狂には若干の気持ち悪さを感じている。政治に関心がないと思っていた同僚が、何気ない日常会話の中で憲法改正の必要性を語っているのを何度か目にしたからだ。雰囲気に飲まれやすい山崎のような人間ならまだしも、勝手に「自分と近い」と考えていた人物が、政治に目覚めていく様を見るのは、どこか落ち着かないものがあった。もちろん、憲法が改正されたところで日本が自ら戦争を仕掛けるような好戦的な国家になることはないだろう。しかし、万が一、ミサイルが日本列島のどこかに落下してしまった場合、世論がどうなるのかには若干の不安を覚えた。好戦的な論者がもてはやされたり、在日外国人に対する弾圧が起こらないとも限らない。

今日も憲法改正とミサイル発射実験の話題で番組を終えると、いつものように記者たちがニュースセンターを慌ただしく出入りしていた。スマートフォンをチェックすると、着信が四件と、LINEが十二件入っている。全て姉からだ。いつもの姉とは違い、主旨が明確な文章が書かれている。LINEによると、夜になって母の血圧が急低下したという一報が入り、病院に向かったという。居ても立ってもいられず、すぐに姉に電話をかける。もしかしたら、このまま幕張に駆けつけたほうがいいのかも知れない。せっかくロンドンにもハワイにも行かなかったのだ。死に際に立ち会えなかったら、その選択が無駄になってしまう。

しかし、数十秒のコールの後、電話に出た姉はやけに落ち着いていた。当直の脳外科医は母の病状に関して細かいことはわかっていなかったが、輸血をしたことで血圧は安定したらしい。「通常、高齢者に輸血はしないんですよ」と看護師から恩着せがましく言われたと姉の愚痴が始まる。どうやら無理して幕張まで行く必要はなさそうだ。

泰斗にはちょうど明日、幕張メッセまで東北出身の覆面バンドのライブを、友人と観に行く予定があった。久しぶりの地元の同級生との予定であったし、病院には行かないつもりでいた。しかし、幕張メッセから病院まではタクシーで十分ほどの距離だ。母がいつ死んでもおかしくないことがわかった今、顔くらいは出してもいいのかも知れない。もし母が来週にでも死んでしまった場合、何らかの罪悪感を抱きかねない。それならば、ほんのわずかな時間と、病院までを往復するタクシー代は、安いものだと思った。

海浜幕張駅でタクシーを拾い、病院名を告げる。母の死に目には立ち会いたいが、死にゆく母に会いたいのかは泰斗の中でまだ整理がついていない。この前も結局、最後まで母の顔をきちんと見ることができなかった。今日はきちんと、老いた母の姿に向き合うことができるのだろうか。これほど逡巡するくらいなら来なければよかったのに。いや、今来ておかないと、後からもっと嫌な気分になる。泰斗にしては珍しく、二つの意見が頭の中で分かれたまま並列していた。

何が何でも現実を直視すればいいというわけではない。もしも人間が現実を直視することに無条件の喜びを感じられる生き物であったら、あらゆる神話や物語は生まれなかっただろう。フィクションは現実逃避のための安全弁だ。国際的な宝石市場の闇や、巨大宗教団体の病理など壮大なテーマの作品ばかりを描く作家が、私生活では認知症の母を在宅介護するため、ほとんど外出もしない生活を送っていると知り、腑に落ちたことがある。

泰斗自身、これまであまり関心のなかったミサイル問題に心を動かされているのは、母の病状が影響しているのかも知れない。もし母が認知症にでもなり、泰斗も介護にコミットメントする必要がでてきた場合、憲法改正に関して大声で賛成や反対を叫ぶようになってしまうのだろうか。いや、それどころじゃなくなるな。そんなことを考えているうちに、病院に着いてしまった。

母が転院してきた病院は、泰斗にとっても馴染みの場所である。子どもの頃、小児喘息に悩まされていた彼は、併設されていたクリニックによく通っていたのだ。建物はその頃のままで、ひどく老朽化が進んでいる。病棟は薄暗く、時代遅れと一目でわかるソファがロビーに並べられていた。

姉からは直接病室に来て欲しいと言われていたので、エレベーターに乗り込み八階のボタンを押す。二階で扉が開くと、数人の看護助手らしき若者たちが乗り込んできた。看護師と違い、看護助手には資格が必要ないため、給料も低く、派遣やアルバイトという雇用形態も一般的だ。この病棟には多くの死にゆく患者たちが入院している。彼らの身体を拭いたり、排泄行為を手伝うのも、もっぱら看護助手たちの仕事だ。彼女たちはどんな思いでこの仕事をしているのだろう。思わず聞いてしまいたくなる。「管につながれたままで、意識があるかどうかもわからない患者のために、安い給料で働くってどんな気分ですか」。

姉からは、この病院が方針として、患者をできるだけ延命させようとしていると聞いていた。もちろん診療報酬のためだ。彼女たちに対する疑問は次々と湧いてくる。「ふと患者を殺したくなる時はありませんか」。

「私たち、そんな優しくないですよ」。頭の中でそんな声が聞こえたと思った瞬間、エレベーターの扉が開いた。泰斗は一瞬、そこがニュースセンターであるかのような錯覚を覚えた。姉からは、八階は退院の見込みのない患者が多いと聞いていたので、もっと静謐な場所なのかと勝手に思い込んでいた。しかし母の入院しているはずの場所は、想像以上に雑多で、喧噪に包まれた空間だった。

狭い廊下には、オムツやウェットティッシュ、医療用手袋が所狭しと並べられている。その上、昼食前の時間のせいか、やたらに看護師や配膳職員が行き交い、非常に騒がしい。

泰斗は、ロケで行ったことのある平等院鳳凰堂を思い出した。鳳凰堂の壁には五十二軀の菩薩像が飾られていた。彼らは臨終の瞬間に楽器を演奏したり、舞を踊ったりしながら、死者のもとへ訪れてくれるのだという。そうか、死ぬときは一人ではないし、その上、そんなにもうるさいのかと驚いた記憶がある。社交と共に一生を過ごした平安貴族たちは、死後、一人になるということがそれほど怖かったのだろうか。

母の部屋を探していると、突然、「死にそうです」という男性の叫びが聞こえてきた。思わず声がした部屋を覗くと、全身が管につながれた患者が苦しそうにうめき声を上げていた。痩せこけている上に、頭髪も禿げきっているため、まるでミイラのような見た目だ。四人部屋なのだが、他の三人は彼に無関心で、テレビを観たり、雑誌を読んだりしている。

いつになったら看護師が来るのだろうとやきもきしていると、ナースセンターからゆっくりとした足取りで、化粧っ気のない白衣の女性が歩いてきた。

「お見舞いの方ですか？　驚かせちゃいましたね。この岡村さん、ちょっとでも苦しくなると、すぐに『死にそうです』って叫ぶの」

そう言って、岡村さんという男性の背中を事務的に撫でている。この場所では死が日常茶飯事なのだろう。

姉からのＬＩＮＥを見返して、８０７号室にたどり着く。入口にはきちんと母の名前が掲げられていた。二人部屋なので、手前には見知らぬ老女が横たわっている。彼女は目を開け、視線の先ではテレビがワイドショーを流していたが、とても焦点が合っているようには見えない。もちろん呼吸はしているのだろうが、猫背の状態で強ばった身体からは生気を感じられなかった。

その老女の奥に、母はいた。ベッドの隣で週刊誌を読んでいた姉が泰斗に気付き、「お母さん、泰斗が来たよ」と耳元で話す。母は泰斗のほうを向き、一瞬微笑んだように見えた。いつもの癖で、泰斗はすぐ母から視線をそらす。合わせて三ヶ月近くになる入院生活で、さぞ痩せてしまっているはずだ。当然、メイクも髪の手入れもしていないのだろう。母が「母」であるかは、とても心許なかった。今日も、母の顔をまじまじと見る気分には、とてもなれない。

昭和時代、臨終を病院ではなく家で迎えていた頃は、一度寝たきりになったら死ぬまでそれほど時間がかからなかったという。すぐに褥瘡《じょくそう》ができて、そこから雑菌が入り感染症に罹《かか》ってしまうからだ。それが現代では、あらゆる方法で延命措置がとられ、多くの人間がすぐには死ねなくなった。栄養水準、医療水準、介護水準が世界トップクラスの日本で、人は簡単には死ねない。

言い換えれば、現代は、人間がより醜い姿で死んでいく時代になったということだ。もちろん美醜の基準は時代や文化によっても変わるのだろうが、この病院で横たわる人たちの姿が、とても美しいとは思えなかった。老いは、醜い。放送では絶対に口には出せない言葉が、心の中に浮かんできて、不思議とそれが快感だった。

では、母は？　母はすでにもう醜いのだろうか。できるだけ顔に焦点を合わせないように気をつけながら、ベッドに横たわった姿を確認する。入院が長引いたこともあり、母はもう自力で立つことはできない。下半身に装着された管が、そのまま尿路用パウチに繋がっていた。自力で排泄すること自体が不可能なのか、病院の管理上そうなっているのかはわからない。部屋にしばらくいると、消毒液とアンモニア臭が混じったような臭いに気付く。すぐに鼻を塞ぎたくなるような強烈な異臭ではないが、この空間にずっといるのは辛い。姉は毎日、一時間か二時間は見舞いのため病室に滞在しているはずだが、この臭いについてはどう思っているのだろう。

「母さん、リハビリはしないの？」

「無理よ。若い人でもちょっとの間動かないでいると、筋肉が衰えて寝たきりになっちゃうんだって」

「だからリハビリするんじゃないの？」

「だから無理よ」

姉との会話は、無意味なループに陥りやすい。母は入院する直前まで、家の中を歩いたり、一人で風呂やトイレにも行っていた。少なくとも入院時には歩ける身体だったはずだ。この三ヶ月の間、一度もリハビリをしようという話にはならなかったのだろうか。

「母さん、何か欲しいものある？」

気弱な声で聞いてしまった。プロにもかかわらず、これほどまで通らない声を出せる自分が不思議だった。

「もっと大きい声で言わないと聞こえないよ。ねえ、お母さん。泰斗が何か欲しいものがあるかって」

泰斗の質問を姉が聞き直す。母は、少し考えた上で、小さな、しっかりした声でつぶやいた。

「苦しくて、苦しくて。早く死にたい」

とっさに返す言葉が思いつかなくて姉のほうを見る。誰かから面と向かって「死にたい」と言われたのは初めてだった。しかし姉は何事もないかのような顔をしている。

「お母さん、最近こればっかりなの。毎日、毎日、死にたいって。身体がだるくて、辛いみたいなのよ。歩けなくなったことも情けないって」

救急車を呼んだほうがいいと言ったのは、泰斗だ。もしあのとき、救急車という言葉を出さなければ、そのまま母は家にいられただろう。その場合、寿命はもっと短くなっただろうが、それが一番、母にとっても姉にとっても、幸せだったのではないか。そのことを思うと、急に後悔が襲ってきた。身体の強さが自慢だった母にとって、救急車を呼ばずに家にいたままのほうが、望みに近い死に方ができたのかも知れない。あの日、「救急車」という言葉を出したせいで、母は今、来る日も来る日も古い病室のベッドに横たわることを余儀なくされているのだ。

点滴は一本だけだが、右手の跡が痛々しい。血管が細くなっているため、採血や点滴のために何度も針を刺されたに違いない。溢血《いっけつ》したかのような赤いシミが広がっている。注意して腕だけを見ていたはずが、気がつくと視界の隅に母の皺だらけの姿を認めてしまった気がした。もう十分だろう。母の身体をこれ以上見ないで済むように、窓からの景色を眺める。新都心と違って、このあたりには高層建築が少ないので、八階の病室からは街を一望することができた。泰斗が子どもの頃によく遊んだ神社、少し前まで母が通っていたスーパーマーケット、東京スカイツリー。いつの間にか、太陽はだいぶ高度を落とし、南北を横切るような巻雲が茜色に染まり始めていた。光が、母の身体に影を落とす。ふと思い立って、SNOWで母の写真を撮ってみることにした。アプリを立ち上げたまま、スマートフォンを母のほうに向ける。しかしどんなフィルターを使って写真を撮ってみたところで、その皺は消えることがなかった。

「今日のテーマは人生百年時代。平均寿命が延びることによって、社会保障費の増大が問題になっています。人類の夢だったはずの長寿。それが社会にひずみをもたらしているのです。一方で、高齢になっても活躍し続ける方たちもたくさんいます。今夜は、今年八十五歳で亡くなった映画監督の宮道勝人さんのお子さんで、デザイナーとしても活躍されている宮道芙美香さんにスタジオにお越し頂きます」

今日の「ニュースピック22」は久しぶりに政治と全く関係のないゲストを呼ぶことになっていた。デザイナーの宮道芙美香である。東京オリンピック・パラリンピックの式典にも関わり、最近はメディア露出の機会も多い。

この局は、表立って商業映画や展覧会の宣伝をすることに消極的だ。しかし実際は、関係者をゲストとして呼んだり、映画自体を社会現象と捉えることで、何らかのパブリシティを行うのは黙認されている。今夜ゲストに呼んだ宮道も初の映画監督作品の公開が控えており、その宣伝のため番組に出演する。結果的には映画の紹介になるのだが、番組としては「人生百年時代」をテーマに立てることで体面を保った形だ。

ゲストの宮道と会うのは初めてだったが、最近、四度目の離婚をしたこともあり、漠然と強い女性というイメージを持っていた。しかし打ち合わせでの彼女は、やたら周囲に気を遣う人物だった。空気が読めないことで有名なディレクターが、いきなり「宮道勝人の七光りもあるとはいえ、ものすごい活躍ですね」と言い出した時も笑顔を崩さなかった。彼がその後、「ムーンライトシリーズ、中学生の頃、好きでした」と彼女の二十年以上前のデビュー作を褒めた時も、宮道は感謝の言葉を述べ、作品の裏話を披露してくれた。打ち合わせの雰囲気が悪くなった時、いつもなら泰斗が場を和ますところだが、今日はゲストである宮道自身がその役を買って出てくれていたのだ。泰斗も正直、宮道芙美香のことを「宮道勝人の娘」くらいとしか認識していなかったが、一気に好感を持ってしまった。

あらかじめ試写会で観ていた宮道の映画は、華やかな作風を特徴とするアート作品と違い、非常に暗い映画だった。高齢の劇作家が仲間を失いながら、それでもオペラの完成を目指すという話だ。出てくるエピソードからも、彼女の父をモデルにしていることは明白だった。

映画をダイジェストで紹介するVTRが流れた後、画面はスタジオに降りる。

「宮道勝人さんは、亡くなるその日まで、撮影現場に顔を出されていたそうですね」

「ええ、本当に大変だったんです。父は、車椅子になってからも撮影現場に行くと言って聞かないし。私たち家族は、交代で父の要求に応えてあげるしかなかった。寿命が延びるのは確かにいいことだと思います。でも、それには周囲のサポートが欠かせない。正直言って、私の父は幸せだったと思いますよ。私たちは望んで、彼を助けた。私たち家族が仮に父を見放したとしても、進んで父を助けたいと言ってくれた人だってたくさんいたでしょう。だけど、全ての人がそうではない。生涯現役がまるで素晴らしいことのように騒がれていますが、そのために犠牲になる人がいたら、絶対にダメだと思うんです」

「宮道勝人さんは、型破りな映画監督として有名でした。そのお父様が、弱っていく姿を見るのは辛くありませんでしたか」

それはまさに泰斗が今、答えを見つけられていない問題だ。母が「母」ではなくなることを忌避して、できるだけ母の姿を直視しないようにしてきた。

「正直、それどころじゃなかったんですよ。確かに父は日に日に衰弱していきました。車椅子になり、排泄も自分ではできなくなった。だから私たちは、父を介護するしかない。弱っていくのが辛いとか、観念的なことを考える余裕なんてありませんでした」

泰斗は、病院で横になった母の姿を思い浮かべていた。高カロリー輸液を点滴され、食事は一切取っていないが、二十四時間きちんと呼吸をして、排泄物を垂れ流している。頭の中で想像する母の顔は、泰斗の知っている「母」のようだった。しかしその顔を、鮮明に思い出そうとするほど、表情や輪郭がぼやけていく。母の目はどんな形をしていたか。

二重なのか、一重なのか。鼻筋は通っていたかどうか。唇の厚さはどうだったか。笑った時にはどんな表情になるのか。歯はまだきちんと生えそろっているのか。「母」のイメージを壊したくないと言いながら、そもそも泰斗は、「母」の顔をきちんと覚えていなかったのではないか。

「母」のことを考えてしまったせいで、台本に書かれていたはずの次の質問を忘れてしまう。咄嗟に思いついた言葉を口に出す。

「お父様は、弱音を漏らさなかったんですか。たとえば、もう死にたいとか」

母に囁かれた「死にたい」という言葉が急に頭をよぎったのだ。「死にたい」というフレーズは、アナウンサーが例として出すには不適切なことに気付いた時にはもう遅かった。

宮道は少しだけ考えたあと、言葉を選ぶように応える。

「実は、その言葉、私が一度だけ口に出して、父に叱られたことがあります。去年、三人目の子どもを産んだんですが、育児と、父の介護、映画撮影の全てが同時期に重なったんです。もちろん助けてくれる人はいたんですけど、全ての最終責任は私にある状態。茫然自失となって、眠っている父のベッドのそばで『死にたい』ともらしてしまいました。すると眠ってると思っていた父が急に起き上がり、『ばか、俺のほうが苦しいんだよ。俺がこんな頑張ってるんだから、俺の台詞を取るな』って。その怒る父を見て、私、思わず笑っちゃったんです。そして、一気に気持ちが楽になりました。ああ、この人はまだ宮道勝人だし、一人の人間なんだから、私もそう接していいんだなって。だから、それからは父と毎日のように喧嘩をしていました。それこそお互いに『死ね』って言い合ってましたよ」

番組後は、スタッフ一同でゲストをスタジオから玄関まで見送ることになっている。宮道の隣には、ディレクターが陣取り、とんちんかんな褒め言葉を宮道にかけていた。泰斗はその隙にスマートフォンを見る。すっかり恒例になった姉からの病状報告LINEが二十件以上入っていた。「泰斗助けて」「大丈夫」「お母さん心配」といったように、明らかに精神が不安定な日もあったが、今日は「すやすや寝てる」「ちょっとしたアイスは食べていいみたい」と、理解しやすい内容の文章が多くて安心する。大量のLINEを送ることで、姉は泰斗の気を惹き、同情を集めようとしているのではないかと疑うこともあった。自分で稼ぐことができず、夫に収入源を握られている専業主婦は、ともすれば承認欲求の亡者になりがちだ。しかし、宮道がいうように、一人の人間を看取るのは並大抵のことではない。姉が少しばかりおかしくなってしまうのは当たり前なのかも知れない。そんなことをぼんやりと考えていると、急に宮道から話しかけられた。

「今日はありがとうございました。テレビでこんな話ができる機会なんて、なかなかないので嬉しかったです」

スタッフの注目が自分に集まる。気まずさをごまかすように、正直にお礼を言うことにした。

「実は、母が入院中なんです。ですから、個人的な関心から色々なことを伺ってしまいました」

「親が病気になると、ばらばらだった家族も、もう一度強制的に家族にされちゃうでしょ。大変だと思うけど、お母様はもちろん、家族へのケアを忘れないほうが、のちのち揉めなくて済むと思いますよ」

宮道は早口でそうアドバイスをすると、他のスタッフにもお礼を言いながら、西口玄関からタクシーに乗り込んでいった。確かに宮道の言うとおり、泰斗には姉に対する配慮が足りなかった部分もあるのだろう。姉が数ヶ月間、母の看病をほとんど一人で引き受けてきたことは事実だ。それにもかかわらず、泰斗は姉に感謝の言葉もほとんどかけてこなかった。もしかしたら姉はストレスに押しつぶされそうになっているから、あれほど大量のLINEを毎日送ってくるのかも知れない。近いうちに、姉を食事にでも誘ってみようと思った。

反省会をするためにスタッフルームへ戻る途中に、スマートフォンが短く振動する。知らない電話番号からのショートメールだ。スパムだと思い削除しようとすると、本文に「利香子」という文字が見えた。メールには「利香子です。電話できませんか。遅くても大丈夫です」とだけ書かれている。妹の利香子とは、数ヶ月前に中央病院で会ったきりだ。

念のために互いの電話番号を交換していたのだが、連絡が来るのは初めてだった。反省会を終え、局から帰るタクシーの中で、利香子に電話をかける。彼女はすぐに電話に出た。

「お姉ちゃんのこと、どう思う？」

泰斗は頭を抱えた。どうして俺の姉妹は揃って自分の都合でしか話せないのだ。それとも、この姉妹の中で育ったおかげで、言語能力が磨かれたのか。

「どう思うって何が？」

苛立ちが伝わらないように、仕事で見せる道化師のような声色で聞き返す。

「お姉ちゃん、何か変じゃない？　久しぶりに会ったせいかも知れないけど、だいぶ性格とか、行動が変わった気がするの。最近、何度かやり取りしてるんだけど、ちょっとおかしいなと思うことが多くてさ。もしかしたら、なんだけど」

妹は中々結論を言おうとしない。電話越しに無言の時間が十秒は続いただろうか。泰斗は妹が何を言いたいのか全く想像ができなかった。

「認知症なんじゃないかな」

今度は泰斗が黙る番だった。職業柄、一秒以上の沈黙が続くと気持ち悪くて仕方がないはずなのに、虚を突かれたように、すぐに反応ができない。確かに最近の姉がおかしいのは事実だ。ＬＩＮＥも要領を得ないばかりか、内容が不穏当な時も多い。しかしそれは、看病のストレスに過ぎないのではないか。姉はまだ還暦さえ迎えていない。一足飛びに姉を認知症扱いするのは、さすがに利香子の思い過ごしだろう。

泰斗の沈黙にしびれを切らしたのか、再び利香子が話し出した。

「たとえばお姉ちゃんの趣味、明らかに変わっているよね。あんな服を着ているのは見たこともない。オンワードの組曲とか、ナラカミーチェとか、いつも決まったブランドの服しか着なかったじゃない。それに美容院に行くのが日課みたいな人だったのに、髪型もおかしい。年を取っただけでこんなに変わるかな。私の友だちの彼氏も、まだ三十代だけどアルツハイマーだって診断されたんだよ。だから心配なの。お兄ちゃんからも気にしてあげてくれないかな」

利香子の話し方も、明らかに情緒不安定で、何らかの病名が付けられそうだけどな。そんな軽口を叩きたい気持ちを抑えて、実家に行って姉の様子を確かめてくることを約束して電話を切る。利香子は明らかに騒ぎすぎだと思った。彼女が姉と対面したのは、おそらく十年ぶりのはずだ。人は久しぶりに会うほど、その変貌に驚く。十年という歳月は、ある人間を別人に変えるのに充分な時間だ。利香子は、単純に姉の加齢に驚いているだけではないか。そう思いながらも、念のためスマートフォンで認知症について検索する。

認知症の初期症状を確認するためのチェックリストを見ると「趣味や性格が変わった」「これまで関心を持っていたことに興味を示さなくなった」「物をため込みがちになった」

「過度に自己中心的である」といった項目が目に留まった。

泰斗はこの数ヶ月間の姉の行動を思い出そうとする。確かに姉は、決しておしゃれとは言えない服を着て、ひどい髪型をしていた。好きだったはずのコーヒーも飲まないと言っていたし、家には不必要な段ボール箱が積み重なっている。

だが、姉の変化を考えれば考えるほど、泰斗自身の記憶も同じくらい曖昧なことを痛感した。変化を推し量るためには、変わる前の状態を正確に知らなければならない。つまり、こちらの記憶力もまた問われるということだ。姉は本当に決まったブランドの服しか着なかったのか。姉は本当に毎月美容院に行くことを欠かさなかったのか。姉は本当にコーヒーが好きだったのか。家はきれいに片付いていたのか。そのどれも確信を持って断言などできなかった。

人間は出会ってから三年目までは、その人に対する情報量がどんどん増えていくと聞いたことがある。しかし三年を過ぎると、相手のことを「もうわかった」と思い込んでしまい、それ以上を知る意欲をなくしてしまうらしい。その最たる存在が家族だろう。お互いが「もうわかった」と思い込んでいるから、大したことを知らなくても、一緒に暮らしていける。泰斗は、母の初恋の人の名前も、姉の好きなブランドの名前も、利香子が好きな食べ物も何も知らない。五年も前に別れた彼女でさえも、そのいくつかは覚えているというのに。

呼び鈴を鳴らしても誰も出てこなかったので、合鍵で家に入る。今日、この時間に行くことは姉に伝えていたはずだが、病院に行っているのだろうか。アトレで買ってきたケーキを冷蔵庫に入れようとすると、いつ買ったかわからない食べ物が大量に詰め込まれていた。認知症の初期症状に「冷蔵庫に賞味期限切れの食べ物がたくさん入っていたら要注意」とあった気がする。しかし泰斗の記憶だと、子どもの頃から冷蔵庫はいつもこのような状態だったはずだ。キッチンを見渡すと、なぜかヘルシオが二台並べて置かれている。用途ごとに使い分けているのだろうが、どちらも全く同じ機種に見えるのが気になった。「同じものを何度も買ってしまう」も認知症の症状だったはずだ。キッチンを散策すればするほど、姉に対するいらぬ疑いが増していきそうで、母の部屋に行ってみることにした。

主を失って数ヶ月になる部屋は、驚くほど片付いていた。そういえば、いつも母が見ていたはずのテレビとソファが消えている。もう母が帰宅することはないと考え、姉が処分してしまったのだろうか。そのさばさばしたところは、姉の昔からの気質だと思う。

姉に誕生日プレゼントを渡した時のことだ。社会人になってから初めての贈り物だったので、ロエベの手袋を贈った。姉は感謝の言葉を述べた後で、レシートがないかを聞いてきた。疑問に思いながら財布に入っていたレシートを渡すと、姉は「これで交換に行ける」と言ったのだ。贈った手袋の色が気に入らなくて、差額を払い別の商品に交換してもらったらしい。姉はもともとそのくらいのエキセントリックさは持ち合わせていたわけで、それを病気だとはやし立てる利香子は、やはり大げさだと思った。

リビングに戻りテレビをつけると、今日もまた改憲についての議論をしている。国会では憲法改正が正式に発議され、年明けに歴史上初の国民投票が実施されることが決まった。通常の選挙とは違い、国民投票運動は極めて自由度の高い活動が認められている。テレビCMやインターネット広告はもちろん、電車の中吊りやラッピングバスを使って、賛成と反対両陣営は積極的に意見広告を出していた。特に何とか現政権を退陣させたい反対派は、巨額の広告費を投下しているようだった。

しかしメディアが定期的に実施している世論調査によれば、憲法改正に賛成する人の割合が、ついに反対の割合を上回ったという。連日のように繰り返されたミサイル発射実験の影響はやはり大きいのだろう。しかも一部で予想されたような大規模な反対デモが発生することもなかった。国会で改憲の発議が行われた日、小規模な抗議運動は起こったものの、2012年の官邸前デモや、2015年の安全保障関連法案反対デモの規模には到底及ばなかった。テレビの中の識者が分析しているように、憲法改正がもはや「日常」になってしまったことが、その一因なのかも知れない。憲法改正という話題は、この国で何十年にもわたり、現れては消えていった。改憲に関する議論が具体的になってからだけでも、間もなく半年が経つ。その間に、人々は改憲という概念にすっかり慣れてしまった。もしかしたら、もう既に改憲が済んだと思い込んでいる人もいるのかも知れない。

この半年は、泰斗にとって母の病気が発覚してからの時期と一致する。泰斗もすっかり、母の死に慣れてしまった。生死の境界状態が長く続くと、ふとそのどちらが本当かわからなくなる瞬間がある。母はもう死んでいて、自分は母のことを都合よく思い出しているだけではないのか。そう錯覚することさえあった。慣れほど普遍的な感情はないと思う。どんな状況にも人は慣れていく。国策捜査が平然と行われる社会にも、核ミサイルが当たり前に存在する世界にも、ほとんどの人はすっかり慣れきっている。

玄関から音がしたので振り向くと、ちょうど姉が帰ってきたところだった。夫の浩輝と一緒に日用品を買い出しに行っていたらしい。

「あれ、泰斗、来てたの」

昨日LINEで交わした約束を忘れてしまったのだろうか。それとも、思ったよりも早い時間に来たという意味だろうか。問いただす代わりに、姉の姿をよく観察してみる。相変わらず髪に手入れがされた様子はないし、もちろんメイクをした形跡もない。しかし長い間連れ添った夫と、地元に買い物へ行っただけなのだから、めかし込んでいるほうがおかしいだろう。浩輝が着ているのも、十年以上前に買っただろうユニクロのフリースと、使い込まれたアディダスのジャージだ。

「母さんの調子はどう？」

「元気に見えるんだけど、死にたいって今でも言っているのよ。あとは家に帰りたいって」

母が入院してから既に数ヶ月が経過している。高齢者が寝たまま過ごすと、一週間で一割以上の筋力が低下すると言われている。母の筋肉はおそらく入院前の半分以下になっているのではないか。現在入院している病院では、高齢者向けのリハビリは提供していないという。それならば、病院から退院させて、介護保険によって在宅の終末期ケアをするのがいい。何より母自身が、家に戻りたいと言っているのだ。泰斗は何度となく在宅介護の提案をしてみたが、毎回姉は難色を示してきた。

「やっぱり、家で看るのは難しいのかな」

どうせまた何度か交わしてきた会話がリピートされるだけだと思ったが、もう一度姉に聞いてみたかった。

「お父さんの時みたいになるかも知れないからだめだよ」

「何かあったっけ」

「もう、泰斗は何にも覚えてないんだから」

姉は、冷蔵庫に買ってきた食材を詰め込みながら、父が死んだ十年前のことを話し始めた。父は死ぬ数年前に見つかった胃癌のために、入退院を繰り返していた。

病状が落ち着いたと判断され、退院をして一ヶ月ほどが経った日のことだ。泰斗は大阪勤務のため家にはいなかったし、母は同級生と青森旅行に出かけていた。妹は専門学校の研修旅行で沖縄にいた。姉は家にいるはずだったのだが、知人とランチに出かけていたという。どうやらその間に、父の容体が悪化してしまったらしい。姉が家に帰ると既に体調は急変していて、すぐに救急車が呼ばれた。そのまま意識が戻ることはなく、翌日に父は帰らぬ人となってしまう。そのことを姉は今でも気に病んでいるというのだ。

「私の不注意でお父さんを殺しちゃったわけよ。もしも私がちゃんとお父さんを看ていれば、もっと長く生きられたかも知れない。それに、最後はお父さんと喧嘩ばっかりだったんだよ。身体の動かない死ぬ間際の人間って、ある意味で最高の権力者でしょ。初めは、お父さんのしたいことを全部叶《かな》えてあげたいと思って、お母さんも私も頑張ってた。でも、疲れちゃったんだよね。だから、お父さんが病院に運ばれた時は正直、嬉しかった。それなのに、死んだ瞬間に、今度はものすごい後悔しちゃったの。感情がジェットコースターみたいに乱高下して、自分がお父さんを好きだったのか、もしかしたらそうじゃなかったのかも全部わからなくなっちゃった。だから、今度は、お母さんのことは、最後まで好きでいたいの」

姉はずっと冷蔵庫のほうを向きながら話していた。表情はわからない。浩輝はまるで興味がないという風に新聞を広げている。泰斗は、初めて聞く姉の話に、思わず間の抜けた顔をしていたと思う。

しかしようやく姉の行動原理がわかった気がした。彼女は、父と同じことを、母にはしたくないのだ。最期まで優しい気持ちで互いの距離感を保つためには、病院に見舞いに通うくらいの関係のほうがいい。姉の話によれば、そのことは母も十分にわかっている。だからこそ、盛んに姉に対して「死にたい」と言っているのかも知れない。本当に苦しくて死にたいという気持ちもあるのだろう。そして同時に、いつ死んでも姉が後悔しないように、毎日のように「死にたい」と発言しているのではないか。

「そういえば泰斗は何しに来たの？　これからお見舞いに行く？」

「よかったら一緒にご飯でも食べない？　俺がおごるよ」

「どうしたの、急に。今日は優しいじゃない」

泰斗は姉が認知症であるとはとても思えなかった。昔読んだ小説に、人工知能から見れば、全ての人間は認知症だと書かれていたことを思い出す。人は間違ったことを事実だと思い込む。他人から間違いを指摘されると攻撃的になる。しばしば被害妄想に陥る。戦う必要のない相手を敵と認定して、不必要に傷つける。それらは全て認知症の症状と同じだというのだ。人工知能から見れば全ての人間は認知症であり、その病状に差があるだけに過ぎない。その意味でいえば、泰斗もまたある種の認知症なのだろう。そして姉もまた同じだと思った。年齢に応じた情緒の不安定さや若干の健忘はあるかも知れないが、それを認知症と決めつけて大騒ぎするのはあまりにも早計だ。それにしても、利香子は昔からこれほど疑り深い性格だったのだろうか。

姉と浩輝とニューオータニの中に入っている中華料理屋で夕食を済ませ、泰斗は東京への帰路に就いた。丸ノ内線の中野坂上駅を降りて、山手通り沿いに歩いて家を目指す。忘れないうちにと思って、利香子に電話を掛ける。

「お姉ちゃんのこと、ちゃんと見てきてくれた？」

「うん、一緒にご飯も食べたけど、何も変なところはなかったよ」

泰斗は、姉がきちんと理性を持って、様々な意思決定をしてきたことを利香子に伝えた。しかし利香子はすぐには納得しない。「食べるときにご飯をこぼしていなかったか」とか「同じものばかりを食べようとしていなかったか」とかうるさい。「それはどっちも俺のことだよ」と冗談で返しても納得してくれない。

「父さんが死んだ時のことも、きちんと覚えていたし」

「不倫相手と食事中だか、ホテルに行ってる時だかに、お父さんの様子が急変したんだよね」

初耳だったが、猜疑心の強い利香子による妄想かも知れない。

「時計のテストはしてくれた？」

「うん、したよ」

時計のテストとは、利香子に教えられた簡単な認知症テストだ。本来、認知症かどうかを診断するためには病院へ行き、詳しい検査を受けなければならない。けれど、多くの人は自分を認知症と認めたがらないから、同意を取り付けるのが難しい。そこで、個人の知識や教養に関係なく、誰もが知っているはずのものを描いてもらい、それが正確に描写されているかを判断する方法がある。それが時計のテストだ。まず、認知症が疑われる人に白紙を渡す。そしてアナログ時計のイラストを描かせ、10時10分を示す針をつけてもらうのだ。健康な人であれば、どんなに調子が悪くても、時計が描けないということはあり得ない。時計は一日に何度も確認するものだし、これまでの人生でも数え切れないくらい見てきたはずである。だが、認知症患者の場合、数字の配列が逆になったり、針が三本以上になったりしてしまうことがあるという。時計を認知できないということは、時間軸の違う世界でその人が生き始めていることを意味する。姉には流行の心理テストだと言って、食事中に時計のイラストを描いてもらっていた。

「大丈夫、もちろん姉さん、時計くらい書けたよ。だから何も心配いらないから」

泰斗は利香子に、努めて明るい声で伝えた。

旧式のエレベーターに乗り込み、八階のボタンを押す。壁には病院内音楽会や映画上映会の告知ポスターが貼られていた。JASRACの許諾は受けているのだろうかと、どうでもいいことが頭をもたげる。ガタンと大きな音を立ててエレベーターが停止するのとほぼ同時に、ドアが開く。相変わらず、この入院棟の廊下は喧噪に包まれている。看護師や介護士たちが慌ただしく行き交っていた。この時間ならまだ姉は来ていないはずだ。

泰斗は、今日こそはきちんと母の姿を目に焼き付けようと思って、病院にやって来た。病気が発覚してから、何度か母には会ってきたが、これまで努めて母の姿を見ないようにしてきた。前回訪れた時も、結局はSNOW越しで母の姿を認めただけで、満足な会話さえ交わさなかった。このまま母と向き合わないまま、彼女を見送ってあげたほうがいい。何度もそんなことを考えた。そもそも、今さら母と何を話そうと、離れて過ごした二十年近い歳月が戻るわけではない。だから、自分がおかしな行動を取っていることは十分にわかっていた。それでも、今さらながら母の記憶を少しでも増やしておきたいと思ったのだ。このままでは、泰斗が知る母の最後の数ヶ月が、もっぱら姉の世界を通したいびつなものになってしまう。

807という病室番号を確かめて部屋に入る。入口に近いベッドは使われていなかった。この部屋に来る度にすれ違ってきたあの老女は無事退院できたのだろうか。壁にできたシミやカーテンの模様といった、どうでもいいものばかりに意識が分散してしまう。それでも覚悟を決めて、ゆっくり足を進める。

母は、ベッドで静かな寝息を立てて眠っているようだった。腕を見るだけでも、母がやせ衰えてしまったことがわかる。静かに母の手に触れてみた。庭の手入れや家庭菜園が好きだった母の手は無骨だというイメージがあったが、指は細く、爪は縦長のきれいな形をしていた。思っていたよりも皺はずっと少なく、そしてシーツと同化しそうなほどの白さだ。脈は定期的に動き、きちんと血が通っているのがわかる。

母の身体に触れるのなんて何十年ぶりだろう。物心つく前には当然、母子の身体接触はあっただろうが、いくら記憶を辿っても手をつないだことさえ思い出せなかった。まるで恋人の手を愛撫するように、自分の指先で、母の指先をゆっくりとなぞる。

「どうしたの？　泰斗が来てくれるなんて珍しいね」

急に母が話し出したので、泰斗はさっと手を引っ込めた。てっきり眠ったまま起きないと思ったのに。それ以上に驚いたのは、母がまるで「母」のように話したからだ。泰斗が慣れ親しんだ「母」そのものの声。思わず聞いてしまう。

「普通に話せるの？」

「そりゃそうよ。病院に補聴器を貸してもらったの」

「だってこの前、死にたいって言ってたじゃん」

「調子が悪い時には死にたいくらい思うわよ。泰斗が来てくれたのは先月だっけ。転院したばかりで、ちょうど前日に死にそうになった時でしょ。苦しくて苦しくてね」

母が末期癌だということを宣告されてから、泰斗は数えるほどしか母に会って来なかった。しかも眠っている時に顔を出したりしただけで、きちんと母と話そうとさえ試みなかた。

ったのだ。勝手に母のことを、会話もおぼつかない、自分とはもう遠い存在だと思い込んでいた。

しかし、泰斗の想像以上に母は「母」であった。まだ癌が発覚する前の正月も実家へ行ったときは、母とはいくつか言葉を交わしただけだった。その時は耳が遠いからと大声でゆっくりと話しかけていたが、それもただの補聴器で解決できる問題だったのか。この様子なら、いくら会ったところで「母」のイメージが損なわれることもないだろう。だったらもっと病院に来る機会を増やしてもいいのかも知れない。

「これからはちょくちょく来るようにするよ」

「いや、来なくていいわよ」

泰斗の申し出を母はあっさりと断った。

泰斗の仕事が忙しいのを知って遠慮しているのだろうか。この病室の白い壁を見つめているだけの日々は、きっと退屈なはずだ。泰斗にしても、母の意識がこれくらい明瞭ならば、話すことはいくつもありそうだと思った。姉のこと。父のこと。泰斗自身のこと。これまで母が考えてきたこと。母が死んだら曖昧になってしまう全てのこと。しかし母は、泰斗が思ってもみない言葉を続けた。

「実はびっくりしているのよ。しばらく会ってなかったきょうだいが急にお見舞いに来たり、十年以上会ってなかった同級生が訪ねてきたり、泰斗もお見舞いに来てくれるのは、もう四回目でしょ。これまでは年に一度くらいしか会わなかったのに。そりゃ、この調子だからもう長くない、一度くらい会っておこうと思う気持ちはわかるわよ。それでも、ちょっと極端過ぎるでしょう」

もう見舞いに来なくていいというのが、母の優しさなのか、本心なのかはわからなかった。しかし、母と泰斗自身の思考法の共通点に驚く。母さんって、こんな考え方をする人間だったのか。泰斗は、あらためて自分が母のことを何も知らなかったのだと思い知らされた。戦前生まれの、もっと保守的な思考の持ち主だと決めつけて、突っ込んだ話をしたことなど一度もなかった。だが考えてみれば、あれだけ個人主義者の姉を育てた人物なのだから、母にその片鱗がないのもおかしな話だ。

「もう入院して寝たきりにされちゃったから無理だけど、本当は生きているのか死んでいるのか曖昧にして死にたかったのよ。一年に一度しか会わない人からすれば、私が生きているのか死んでいるのかは、実は大した問題ではないでしょう。お正月に帰ってきた時も、旅行に出かけているとでも言ったら、きっと泰斗は信じたんじゃない？　そんな風に、私がいなくなっても今頃何をしているのかなとか、たまに思い出してくれたら、それだけで嬉しいんだけどな。たかだか死ぬことくらいで、大騒ぎしないでよ」

「そんなわけにいかないじゃん」

「うん、そんなわけにいかなくなっちゃったね」

生きていても何年も会わない人もいる。誰かを失ってからでも、その人を大事に思うことはできる。だから誰かが死んだとしても、死んだという事実を確定させる必要はない。泰斗が自分だけでたどり着いたと思っていた考え方は、母のそれと非常に近かった。俺はきちんと母さんの子どもだったのだ。そう思いながら、母の顔を見ようとする。しかし視界がぼやけているせいか、そもそも「母」の顔をきちんと知らなかったせいなのか、目の前にいる母が、泰斗の知っている「母」なのか、判別することはできなかった。

国民投票の時期が近付くにつれて、メディアは連日のように改憲議論を取り上げていた。民放では改憲に関する意見CMを見ない日はない。野党の資金が尽きたのか、それとも何かの戦略なのかはわからないが、最近では与党の広告ばかりを目にする気がする。改憲に関する議論は、泰斗の予想を超える形で盛り上がっていた。隣国からの挑発行為が続き、それに応える形で改憲賛成派の政治家たちが、主張の語気を強めていたのだ。一度発議され、国民投票にかけられる憲法改正原案を今さら変更することはできないが、「必要最小限度の自衛力」とは何かという定義論争が盛んに行われるようになっている。

ある与党政治家は、場合によっては隣国への先制攻撃も辞さないという発言をしたが、それに対して反対の声はほとんど聞かれなかった。一部の新聞とテレビ局は先制攻撃発言を追及したが、その発言が広まれば広まるほど、その政治家に対する支持が上昇するという状況だった。調子に乗ったある政治家は、国内に工作員として潜むスリーパーセルを積極的に排除すべきだとも主張したが、やはり賛同の意見が多く聞かれた。一年以上にわたる隣国の挑発行為やミサイル発射実験に、この国の人々は泰斗が思う以上にストレスを抱えていたのかも知れない。

「ニューズピック22」のゲストを見て驚くこともあった。中立をあれほど大事にしてきた番組だったにもかかわらず、スタジオに招く二人の政治家が、共に改憲賛成派という日があったのだ。山崎にそれとなく懸念を伝えたものの、国民の声に応えるのがテレビ局の使命だと笑っていた。せめてその言葉がいつものように、上層部の受け売りだといいと思う。

まるで国中が熱病に罹ってしまったように改憲の議論に浮かれていた。雰囲気は、あの大震災の直後に似ている。しかし、冷静さを欠いているのは泰斗自身という可能性も高かった。ただの憲法改正の議論に、ただの政治家のビッグマウスに、なぜこれほど不安を募らせているのか、自分でもよくわからなかった。自衛権の範囲をめぐる議論も、タカ派の政治家による強硬論も、何一つ新しい点はないはずなのに。母と姉のことが、自ら意識している以上にストレスになっているのだろうか。

泰斗は、自分でも胸騒ぎの理由を言い当てられない。姉は変わらずに母の見舞いに足しげく通っているらしいが、以前のように毎日何十件も連絡が来ることはなくなっていた。姉の精神状態が安定したのだろうか。それとも、母から泰斗への連絡を止めるように言われているのだろうか。しかしその分、母のことを気にする瞬間が増えた。無理にでも病院に行くか、せめて担当医や看護師に電話で状態を聞くなど、できることはたくさんあるはずだったが、どれも母との約束を破るようで気が進まない。「母の死に立ち会いたい」という一度確かめた感情も、母がそれを望まないことを考えて、少しずつ揺らぎ始めている。

「お母さんに、もう病院に来なくていいって言われてショックだったんじゃないの」

もつ鍋をつつきながら、有加がつぶやいた。彼女とは相変わらず一ヶ月に一度か二度会う関係が続いている。

「私から見ると、泰斗はお母さんのことを、すごく心配しているように見えたよ。ていうか最近、その話ばっかりだよね。お母さんとお姉さんのこと。泰斗くん、本当は優しいんだなって思ってたよ」

俺が優しい？　思わずそう口に出しそうになったタイミングで、店員が鍋を雑炊にするための、ご飯を持ってきた。個室が多くて、明け方まで営業しているこの居酒屋は友人と使うことは多かったが、有加とはあまり来たことがない。常連には気を利かせて、いつまでも店を閉めようとしないからだ。時間制限のない店で、彼女と過ごすことは苦痛だと思っていた。そんな思考をする自分が優しいなんてことはあるのだろうか。確か前は「愛情深い」と言っていたから、適当に泰斗のことを褒めていればいいと思っているのかも知れない。有加は雑炊を取り分けて、小鉢を泰斗の前に置いてくれる。「ありがとう」といいながら、ここのところ彼女に頼りすぎているのではないかと不安になってきた。

そもそも、泰斗は知ったかぶりをする女性のことが苦手だった。多少の付き合いがあるだけで「泰斗はこれが好きだよね」とか「泰斗はこうだよね」と決めつけられることが、気持ちが悪くて仕方がなかった。特に「本当は」という言い回しが好きではない。大抵の人は「本当は」という枕詞をつけられると、自分にもそういった点があるのかと勘違いしてしまう。実際、占い師がよく使う手口だ。「本当は寂しがり屋」とか「本当は負けん気」と言われて、全く自分には当てはまらないと言い切れる人はほとんどいない。だから、えせ占い師のように、「あなたのことをわかっている」と、言い切る女性が大嫌いだった。それにもかかわらず、今の泰斗は有加の「本当は優しい」という言葉に、ひどく動揺していた。

「この数ヶ月、お見舞いに行ってないの？」

「そうだよ」と泰斗は応える。あの日、母から病院にはもう来ないでいいと言われてから、一度も病院に行っていないし、姉から母の病状も聞いていない。

「でも本当は病院に行きたいんじゃないの？」

母に会いたいと思う瞬間はあった。自分が想像以上に母の影響を受けていると知った今、彼女ともっと話をしてみたいと思った。今のうちに聞いておかないと、もう永遠に聞けなくなってしまう物語を、もっと聞いておきたいと思った。だけど、その母自身が泰斗と会うことを望んでいない。この半年間、何度となく悩んできた母の死に立ち会うべきかという問題に、母の意向は不在だった。しかし母の意志を聞いてしまったからには、それを何より優先させるべきだと考えていた。

「普通は会いに行くと思うんだよね。もうすぐ亡くなることがわかっている肉親がいて、関係も険悪なわけじゃない。本人は来て欲しくないと言っていても、それは向こうの都合なわけでしょ。だから、無理やりにでも押しかければいいと思うし、案外喜んでくれると思うんだよね。でも、泰斗はそれをしないわけだよ」

ほら、やっぱり俺って冷たいじゃん。

「だから泰斗は優しいと思うんだよ。自分の想像力の限界をわかっていて、いらぬお節介を焼こうとしないでしょ。マスコミには多いじゃん。よくわかんないけどジャーナリストとか？　勝手な想像力を働かせて、誰も望んでいない報道をしたり、誰かを弱者って決めつけて、その世界に堂々と土足で入り込んでいく人。それで悦に入ったりさ」

すっかり冷めてしまった雑炊を口に運ぶ。店員がメニューを持って、デザートを何にするかを聞きに来ていた。泰斗がメニューを見ようとしないのに気付いたのか、有加が白玉あんみつとクレームブリュレと季節のジェラートを頼む。俺が優しい？　優しいから会いに行かなかった？　それは本当なのか？　泰斗が独り言ともつかないようなつぶやきを繰り返すのを、有加は不思議そうな顔をしながら見ていた。

「ニューズピック22」では、今日も専門家が改憲論争を戦わせることになっていた。ゲスト候補に挙がっていた一人が夕方の番組にも専門家として呼ばれることがわかり、違う出演者を探していた時だった。泰斗の携帯電話が連続して何度か鳴った。画面を確認すると発信元はすべて姉だった。何事だろうとLINEで「何かあったの」と問い合わせる。するとすぐに「もうだめかも」という返事が入った。会議を中座して、廊下で姉に電話をかける。姉によれば、母の様子が急変したという。今日の午前中までは入浴をしたり、体調は悪くなかったというのだが、胃液を吐いたという連絡があり、姉が病院に駆け付けた。すると、顔をしかめながら腹痛を訴えているのだという。

なんでそんなこと連絡してくるんだよ。もしもこのまま母さんが死んだら、それを知らずに生きていけたかも知れないのに。母さんだってそんな死に方をしたいと言っていたのに。せっかくあの日から一度も病院には行かなかったのに。そうも思ったが、もう知ってしまったのだから仕方がない。母との約束ではなく、もともとの自分の感情を優先しようと決めた。電話を終えると、山崎に事情を話す。彼はすぐに理解を示し、何も心配する必要はないと言ってくれた。スタッフに挨拶をして、急いで会議室を飛び出す。

この局には東京放送センターだけでも五十人近くのアナウンサーが在籍している。本番直前の交代では対応が難しいこともあるかも知れないが、打ち合わせから参加した場合、代打の人物でも問題はないだろう。事実、泰斗が冬にインフルエンザに罹ってしまった時に、同世代のアナウンサーが番組を代わってくれたことがある。視聴者からの人気やアナウンス技術においては申し分がないものの、局内で不祥事を起こし、担当番組を外されてしまった人物だ。彼はセクハラとパワハラのどちらでも問題になったため、セ・パ両リーグ制覇と陰口を叩かれている。母が危篤だというのに、何てくだらないことを考えているのだろう。

西口玄関に待っていたタクシーに飛び乗った。運転手に行き先を住所で告げながら、LINEで姉にこれから幕張へ向かうことを伝える。するとすぐに返信があり、退院費用を現金で払う必要があるかも知れないので、三十万円ほど持ってきて欲しいと書かれていた。

咄嗟に仕事を投げ出してきてしまった自分に比べて、姉のほうがよっぽど冷静な状態にあるのかも知れない。毎日のように母の見舞いに行き続けた姉は、きちんと覚悟ができているのだろう。

タクシーはレインボーブリッジを渡り、有明を過ぎたあたりで渋滞に巻き込まれてしまった。代々木から総武線に乗ったほうが早かっただろうか。タクシーか電車かという選択で、母の死に目に会えるかどうかが決まってしまうのなら、悔やんでも悔やみきれないように思えた。まだ姉から頼まれた現金も引き出していない。確か病院の前にセブン－イレブンかサンクスがあったはずだ。そう思った瞬間だった。スマートフォンが聞き慣れない音で鳴り始めた。画面を見ると「緊急速報」という通知が届いている。

緊急速報　政府からの発表

「ミサイル発射。ミサイル発射。ミサイルが発射された模様です。頑丈な建物や地下に避難して下さい。」（総務省消防庁）

Jアラートだ。これまでも何度か緊急速報が発令されたことはあるが、東京が対象となったのは初めてのはずだ。テレビアプリを立ち上げると、大きく「国民保護に関する情報」というテロップが表示されていた。「政府は先ほどJアラート、全国瞬時警報システムを通じまして、ミサイルが発射されたという情報を発表しました。頑丈な建物の中、または地下に避難して下さい」という情報を、セ・リーグで有名なアナウンサーが興奮気味に繰り返している。タクシーのカーステレオが流していたラジオ番組もいつの間にかミサイル情報に切り替わっていた。

タクシーの運転手は「怖いよね、ミサイル。こっちから逆にミサイルを打ち込んでやればいいんだよ」と笑いながら、ラジオのボリュームを大きくする。アナウンサーは飽きもせずに、政府発表をロボットのように繰り返していた。「運転手さん、やっぱり局まで戻ってくれませんか」。そう伝えようかどうか迷っているうちに、タクシーは渋滞を抜け出してしまう。車窓から東京湾に目を向けると、鋼のように分厚い雲が海上に広がっていて、今にも雨が降り出しそうだった。

（文藝春秋『文學界』二〇一八年四月号に掲載）

わたれない

彩瀬まる

彩瀬まる（あやせ　まる）
1986年千葉県生まれ。2010年「花に眩む」で「女による女のための R-18文学賞」読者賞を受賞しデビュー。16年『やがて海へと届く』で野間文芸新人賞候補、17年『くちなし』で直木賞候補、19年『森があふれる』で織田作之助賞候補に。著書に『あのひとは蜘蛛を潰せない』『川のほとりで羽化するぼくら』『新しい星』『かんむり』など。

ドアを開けて外に出ると、ひとすじの涼しさを含んだ風がむきだしの腕や首筋を軽やかに撫《な》でていった。

絡むような暑さだった昨日より、空の色が薄く感じる。暁彦《あきひこ》は半袖《はんそで》のTシャツという自分の服装が、急に季節に対してちぐはぐになったような落ち着かなさを感じた。ただ、マンションの廊下は影が差している分、体感温度が低い。通りに出て日差しを浴びれば、やっぱり半袖でよかったと思うだろう。

水色の空には、無数の小さな生き物が飛び回っていた。トンボの群れだ。秋と言えば赤トンボだが、それにしては胴体の色が淡く、オレンジ色をしている。ウスバキトンボだ、と昆虫好きの暁彦はすぐに見当がついた。大きめの羽で、ひらりひらりと風を乗りこなすように飛ぶ。群れを成して移動する渡りの習性があり、よく間違えられるアキアカネより羽が薄くて華奢《きゃしゃ》だ。その方が少ないエネルギーで長距離を飛べるのだろう。

暁彦が暮らす部屋はマンションの五階にある。そのため、空を駆けるトンボの群れをほぼ真横から眺めることができた。昨日まで、うんざりするほど夏だった。けれど今日からは多少なりとも真新しい秋がにじみ出すのかもしれない。

思いついて、周囲に人がいないのを確認し、ショルダーバッグから素っ裸のコッペくんとロールちゃんを取り出した。丸っこい手足、星の浮かんだ大きな瞳《ひとみ》、栗《くり》色の合成繊維の髪、プラスチック製のつるりとした肌。彼らは三歳前後の子供に向けて製造されている抱っこ人形だ。コッペくんがショートカットの男の子で、ロールちゃんがウエーブのかかった髪をツインテールにした女の子。コッペくんは少し眉毛《まゆげ》が太く、ロールちゃんは唇がうすピンク色で、ほのかに微笑んでいる。

暁彦は昨晩仕上げたばかりの赤トンボをビーズで刺繍《ししゅう》した長袖のシャツと、葡萄《ぶどう》色のコーデュロイのズボンをコッペくんに、紺色の生地にフェルトで作った金木犀《きんもくせい》をイメージした橙《だいだい》色の小花を散らしたワンピースをロールちゃんに着せた。二体を廊下の手すりに座らせて、まるでトンボの群れを見つけて喜んでいるかのように手足を動かし、ポーズをとらせる。最後に、表情が生き生きとして見える角度を探してスマホで写真を撮った。赤トンボのシャツの宣伝写真にちょうどいい。

人形の服を脱がせ、傷がつかないよう透明なビニール袋に入れ、人形と一緒にバッグにしまった。

トンボの群れはついついと空を泳ぎ、マンションから北に位置する川の方向へ消えた。

んが住んでいる。

晓彦もこれから、そちらへ向かう。橋を渡り、対岸の町に行くのだ。そこにはペンギンさ

　四年前、暁彦が勤めていた事業所が閉鎖された。

　ハンカチやタオルなどのファブリック商品を扱うその会社は、業績不振に伴い関東《かんとう》地方からの撤退を決め、経営資源をすべて本社のある九州《きゅうしゅう》地方に集中させることにした。暁彦は本社への異動を打診されたが、妻の咲喜《さき》が近所の文具会社に勤めていること、住み慣れた地域で子育てや介護をやっていこうと計画していたことを考えると、なにもかもを放り出して見知らぬ土地に引っ越すのは、あまりに非現実的に感じられた。

　辞めようと思う、と相談したところ、咲喜は当時生後七ヶ月だった娘の星羅《せいら》を膝《ひざ》であやしながら、そっか、と穏やかに頷《うなず》いた。

「いいと思う。貯金もあるし、私も仕事に戻れたし、当面は困らないからゆっくり第二の人生を選ぼうよ」

　育休明けの職場復帰から二ヶ月。職場と保育園の双方に気をつかい、新しい環境で情緒不安定になった娘をなだめ続けた妻の顔には、深い疲れがにじんでいた。

「むしろ、いい機会かも。次はもっと早く帰ってこられる職場にして」

「あはははは」

申し訳なさで笑うしかない。経営不振に陥った会社の常で人員が削減され、仕事が終わらず早朝から夜遅くまで職場に詰めていた暁彦は、出産からほとんど家事や育児に参加してこなかった。せいぜい出勤前にゴミを出して、帰宅後に流しに溜《た》まった皿を洗うぐらいだ。

辞める、と決めた途端に肩が軽くなった。心なしか呼吸が深くなり、血行が良くなった気がする。晩酌のビールの味も、風呂場《ふろば》の水音も、眠気で体温の上がった星羅の抱き心地まで、まるで薄い膜を剝《は》がしたように鮮やかに感じられた。

真夜中にふと、目が覚めた。隣に眠る星羅が何度も寝返りを打ち、ふえっ、ふえっ、と泣き出す手前のむずかり声を上げている。

いつもは気が付くと朝なのに、よく目が覚めたなと思いつつ、暁彦は星羅を抱き、左右に揺らした。次第に泣き声が激しくなり、咲喜を起こさないようリビングに避難する。

「よーしよしよし、ねんねしな……」

あくびをしながら小さな背中に手を弾ませる。星羅はなかなか寝付かなかったけれど、退職を決めた高揚感もあって、根気よくあやし続けることができた。一時間ほどで潤んだ目がうっとりとつむられ、焼き菓子っぽい香りのする寝息が立ち上った。

青暗いリビングに静けさが戻る。星羅は眠り、咲喜も深く眠っている。

地球の平和を守ったヒーローは、こんな気分になるのだろうか。

いい気分で水を飲み、星羅に腕枕をして、眠った。

それから二週間後、暁彦は会社を辞めた。保育園に確認したところ、保育サービスを利用しながらの転職活動は三ヶ月までだった。これまでは七時半から十九時まで預けていたが、園側の人手が不足しているため、できれば八時半から十六時半までの八時間に収めて欲しいという。咲喜の勤務時間とは到底嚙《か》み合わず、当面の送り迎えは暁彦が担うことになった。

退職した翌日は、夜明け前に目が覚めた。徐々に明るくなっていく天井を見ながら、もし嫌だったら今日はどこにも行かなくていいんだ、ということに驚いた。体が妙にむずむずして、五時半には布団から出た。

散歩がてら最寄りのコンビニに出かけ、食パンと粉末のコーンスープと林檎《りんご》を買った。六時半にいきなり星羅が泣いた。抱いても身をよじって怒るので、どうすればいい、と咲喜に聞くと、「ミルクをあげてええ……」と枕に突っ伏したまま地獄から響くようなデスボイスで言われた。ミルク缶の説明書きを読み、湯を沸かしてミルクを作る。哺乳瓶でそれを飲ませつつ、とろけるチーズをのせた二枚の食パンをトースターに入れた。コーンスープとチーズトースト、皮は剝《む》かずに——というか剝けないので剝かずに、八つ割にして芯《しん》を取った林檎を食卓に用意し、七時に咲喜を揺り起こした。

「うわあ、なんてこった。幸せだあ」

咲喜はしばらく布団に突っ伏して悶《もだ》えていた。

膝に星羅をのせ、夫婦で向かい合ってテーブルにつく。片手で食事をとり、もう一方の手でげっぷをさせようと背中をさすっていたら、星羅がこぽりと大量のミルクを吐いた。もっと欲しいと言わんばかりに泣くのでたくさん飲ませてしまったが、飲ませ過ぎたのかもしれない。星羅はもちろん、抱っこしていた暁彦も肩から腹まで吐き戻されたミルクで汚れ、ベビーバスの使い方を教わりながら二人で朝から風呂に入った。

保育園に持っていく荷物の準備は咲喜がやってくれた。先に出発する彼女を見送り、星羅に服を着せ、髪をタオルドライして抱っこ紐《ひも》に入れる。

星羅の支度を終え、ふいに手がとまった。

自分はなにを着るべきだろう？　スーツ？　いや、退職したのにスーツって。しかしあまりにラフな恰好《かっこう》だと、これから仕事に向かう保護者の中で浮きそうだ。迷った挙句、襟付きのシャツにチノパンという無難な服装を選んだ。

車は妻が使っているため、徒歩で同じ町内の保育園へ向かった。ゴミを捨てに出てきた同じマンションの住人に会釈し、朝露に濡《ぬ》れた町を歩き出す。少し前なら、とっくに電車に乗ってメールを確認していた時刻だ。それなのに軒先の木々なんて眺めながら、駅とは正反対の方向に歩いている。胸元に蝉のようにくっついた星羅もまた、不思議そうに父親を見上げている。丸い墨色の瞳に、逆光で影になった自分の顔と、水色の空が映っていて、なんだか宝石みたいだった。

「星羅ちゃん今日はパパが送ってくれて嬉《うれ》しいねえ」

キャラクターのアップリケ付きのエプロンを着た保育士が星羅を抱きとり、お預かりします、と笑った。登園時刻の保育園はそこらじゅうで子供が泣き、早く来なさいうわばきどこやったの走り回らない！ と親が叱り、先生たちはぐずる子供らをおんぶしながら、抱っこもして手もつないで、とさながら戦場のようだった。「どうして今日はパパなんですか？」と誰かに聞かれることもなく、暁彦は中身のいなくなった抱っこ紐を小脇に抱えて家に戻った。

リビングに散らかった星羅のおもちゃをしまい、洗濯機を回す。とりあえず再就職するまでなるべく家事はやろうと思っていた。朝食の食器を洗い、コーヒーを淹《い》れ、求人サイトを軽く眺める。洗濯物を干し、床にずいぶん髪の毛が落ちているのに気づき、時間をかけて部屋を片付けながら掃除機もかけた。昼食は、戸棚のカップ麺《めん》で済ませた。

求人サイトを見ていてもなかなか次の仕事のイメージがつかめず、午後はリビングのソファに横になった。いつも漠然と散らかっていた部屋が整頓《せいとん》され、気分がいい。朝に慌ただしく出かけ、深夜に帰ってくる。それだけの時間しか家にいなくても、廊下のすみに髪の毛と綿埃《わたぼこり》のかたまりが落ちているのがずっと気になっていた。気になっていたのに、そんなゴミ一つ片付ける気力すらなくなっていたんだ、と今更気づいた。

夕方、迎えに行った星羅を再び抱っこ紐で胸にくっつけ、暁彦はスーパーに出かけた。唐揚げと、野菜の入った惣菜《そうざい》をいくつか買う。高校の家庭科実習以来だけど、味噌汁《みそ》は自作することにして、わかめと豆腐も買い物かごに入れた。夕飯は用意しておくよ、と咲喜のスマホにメッセージを送ると、「やったー！」とハートの乱舞する返事が届いた。

米はうまく炊けたけれど、味噌汁がおいしくならなかった。薄すぎる、と思って味噌を足すと、今度はしょっぱくて具材の味もなにも分からなくなる。

帰宅した咲喜は食事の並んだテーブルに目を輝かせ、すごい、すごいと興奮しながら箸《はし》をとった。

「味噌汁がいまいちなんだ」

「そう？」

咲喜は味噌汁をすすり、すぐに「おいしいよ？」と言った。

「でも、そうだなー……だしを入れるの忘れた？」

「あ、そういうことか。昆布や鰹節《かつおぶし》でとるんだっけ」

「そんな面倒なの使わなくても、顆粒《かりゅう》だしで充分だよ。スティックタイプのが、冷蔵庫の横の引き出しに入ってるから」

「なるほど」

明日はそれを使ってみよう、なんて考えていると、咲喜が「あ！」とすっとんきょうな声を上げた。

「しまった、星羅の離乳食」

「あ」

「もうミルク飲ませちゃった？」

「うん、さっき腹減ったって感じでぐずってたから」

「そっか、ごめん。ちゃんと言ってなかった。朝と夜のミルクの前に、おかゆとか潰《つぶ》した野菜とか食べさせてるんだ。ミルクを飲むと、もうお腹がいっぱいで食べないの」

「明日からそうするよ」

「離乳食、冷凍庫に少しだけどストックもあるから、あとで説明するね」

ただミルクを飲ませて寝かせるだけだと思っていたけど、赤ん坊の世話は想像以上に細々としたタスクが多い。

朝だけでも、ミルクを飲ませる以外にオムツ替え、顔を拭《ふ》く、歯を磨く、爪を切る、着替えさせる、よだれかけやタオルなど保育園に持って行くものを鞄《かばん》に詰める、体温を測る、保育園のノートに昨晩の食事や体調を記入する、と油断すればなにか忘れそうなほど慌ただしい。その間に星羅は泣いて抱っこを求め、うんちをし、ミルクを吐き戻す。哺乳瓶を洗う、オムツを替える、うんちをトイレに流して汚れたオムツを処分する、衣服やよだれかけなどを洗濯する、といった副次的なタスクも発生する。手を動かしている間も、危ないものに触ったり、変なものを口に入れたりしないか、常に視界の端ではいはいする星羅の動向を確認し続けなければならない。トイレに入って姿が見えなくなると泣かれるのも困った。

その上、離乳食作りなんて。

しかも職場復帰をして以来、咲喜はこれらの作業を仕事と並行して、一人で回していたのだ。

寝かしつけの時間に、一波乱あった。暁彦が抱っこすると、一緒に寝るのはどうしてもママがいいとばかりに星羅がものすごい声を上げて泣くのだ。二十分ほど絶叫されて辛《つら》さを感じ、暁彦はパジャマ姿の星羅を咲喜に託した。母親に抱きとられた途端、すぐに泣き声が弱くなるのが悔しい。光量をしぼった寝室を出て、リビングで待っていると、十分も経たずに咲喜だけが外に出てきた。

「子供の世話って、こんなに手がかかるんだな」

ねぎらいを込めて冷蔵庫から冷えたビールを取り出し、渡す。

「おお！　分かってくれて嬉しい」

ぷしゅ、と音を立ててプルタブを持ち上げ、咲喜はにっこりと笑った。保育園に預け始めたのを契機に、彼女は星羅への授乳をやめ、粉ミルクオンリーに切り替えた。

「でも今日は料理も掃除もしてくれて、すごく嬉しかったよ。なんかもう、夢みたいな感じ」

「大げさだなあ。明日もやるよ」

「うん、ありがとう」

ものすごく嬉しそうにビールを飲む妻を見ているうちに、暁彦は複雑な気分になった。壁に掛かった時計を見上げる。二十二時半。勤めていた頃なら、やっと帰宅したぐらいの時間だ。特別に熱意のある社員、というわけではなかったが、年々人員が削られていく中で地道に仕事をこなし、残業も引き受け、苦労を重ねて給料を得てきた。だけど自分が仕事をすることについて、咲喜がこんな風に喜んだり、感謝してくれたりした記憶は乏しい。

「いっそ再就職するのやめて、俺が専業主夫になろうか。そうすれば料理も掃除も毎日するよ？」

多少、当てつけっぽい感情も混ざっていたかもしれない。これまでの自分も、稼ぎ手として頑張っていたと思い出して欲しい。そんな甘えた気分もあった。冗談だったし、すぐに否定されるだろうと思っていた。なんだかんだで、男は稼がなければ。そうした古い価値観が、自分の中にあった。

咲喜は予想通り、眉をひそめた。しかし彼女が口にしたのは、思いがけない内容だった。

「専業主夫って、たぶん、向いてないと辛いよ？」

「え？」

「ほら私、育休を半年ちょっととったわけだけど、時々頭おかしくなりそうなくらいしんどかったもん。赤ん坊って言葉も通じないし、いつ泣き出すか分からないし、目を離すと危ないことするし、一緒だとずっと気を張ってなきゃいけない。片親が専業だと保育園に入れられないから、日中は子供を一人で見ることになる。毎日毎日、公園や児童館にベビーカーで連れて行って、一緒に遊んで、他の子供とうまく遊べてるか見て、気を配って……その上、家事もやるわけでしょう？　職場みたいに、気軽にコミュニケーションの取れる大人が身近にいるわけでもない。幼稚園に入れるまで、自分の時間はほとんどない。そういう環境でストレスをコントロールして、子供に当たらず、家を整え、楽しく過ごし続けるって才能が必要だよ。正直私は……そりゃ朝と夕方はバタバタするけどさ、でも、仕事に復帰してからすごく精神的に楽になった。専業主婦、たぶん向いてなかった」

予想外に具体的な意見にどう返そうか迷っていると、咲喜は少し考えて続けた。

「もちろん、暁《あき》ちゃんが、そういうのが自分に向いてるって思うならとめないよ。ただ、息抜きの方法を確保するとか、困った時にパッと助けを求められるなんらかのサービスに登録するとか、準備はした方がいいと思う」

平然と言われて、驚いた。

思えば自分は以前から、会社が経営不振に陥っていること、余裕のなさから社内の空気がよどみ、パワハラに苦しみ自殺未遂をした上司や、うつ状態になった同僚がいることを咲喜に話していた。もしかしたら彼女は夫が働けなくなる可能性について、すでに考えをまとめていたのかもしれない。

「分かった。もっと色んな可能性を検討してみる」

「うん。そうして」

ふええええ、と寝ぼけた声が寝室から漏れ出した。先ほどは咲喜が寝かしつけたので、今度は自分の番だろう。絶叫されないといいな、と腰が引けつつ、暁彦は寝室へ向かった。

二週間ほど経つと一通りの家事に慣れ、生活のリズムができていった。洗剤と柔軟剤の違いも、それぞれを洗濯機のどこに入れればいいのかも分かった。星羅の離乳食は、栄養バランスのとれたベビーフードがドラッグストアでいくらでも手に入った。風呂場の水はけが悪かったため、固く閉じていた排水口のふたに歯ブラシの柄を差し込んでテコの原理で外してみると、中には大量の髪の毛が詰まっていた（あのふたって外れるんだ！　と咲喜は驚いていた）。

午前中に家事をして、午後は履歴書を作ったり、求人サイトを巡ったり、元の会社の知り合いに会って伝手《つて》を探ったりと求職活動にあてる。早くから、漠然とした違和感はあった。いくら検討してもこれぞという勤め先が見つからない。業界のイメージさえ湧かない。仕事の内容よりも、勤務時間や残業の有無の方が気になる。家をメンテナンスして、快適に過ごしたい。またあの早朝に出て深夜に帰ってくるような、生まれたばかりの子供が気が付くと生後七ヶ月になっているような生活をするのではなく、ある程度は家族と一緒に暮らしたい。水色の宝石のようだった、星羅の瞳を思い出す。ああいうものを、取りこぼさずに生きていきたい。

もしかしたら自分にとってちょうどいいのは、正社員の働き方じゃないのかもしれない。そう思い始めたら、今度はスムーズに勤め先の候補が決まった。

「デパートの洋服の仕立て直し屋で、アルバイトを募集してるんだ。九時から十七時までのシフト勤務。それなら送り迎えにも行けるし、今までより家事もできるだろう。とりあえず星羅が小学校に入るまでは、家になるべく関わっていたいって思うんだけど……どうだろう」

「仕立て直し屋？　暁ちゃん、裁縫なんてできたの？」

「ハンカチやタオルのサンプル作る部署にいたから、ミシンは一通りできるよ。そもそも布製品が好きで前の会社に入ったんだし」

「楽しく過ごせそうなら、いいんじゃない。なんだ、それなら保育園のバッグとか作ってもらえばよかった」

咲喜は少し驚いた様子で、でも笑いながら頷いた。暁彦は少し改まって言った。

「稼ぎ頭が咲喜になるわけだけど、本当に抵抗はない？」

一九八〇年代生まれの自分たちは、父親がサラリーマンで母親が専業主婦という家庭がとても多い世代だ。暁彦の実家も、咲喜の実家もそうだ。暁彦は、自分が稼ぎ頭になる想像はしても、家のメンテナンスや子育てのメインプレイヤーになる想像はあまりしたことがなかった。それは咲喜だって同じだろう。いくら想定していても、大きな変化を選ぶことになる感覚はあるはずだ。

咲喜は口を閉じ、数秒首を傾けて考え込んだ。

「なんていうか私、結局暁ちゃんのこと好きなんだよね。勤めてた頃も『疲れてたら皿は流しに運ばないでテーブルの上に残したままでいいから』って言ってたでしょう。そういう……フェアっていうのかな、なんだろう、全体を見てバランスをとろうとするところ、すごいし、えらいなーって思うの」

「ええ……どうも」

急に褒められて、狼狽《ろうばい》する。咲喜は一度頷いて続けた。

「だから今回こういうことになって、私の収入面での責任が増えて、それは私が頑張れば暁ちゃんや星羅が元気に過ごせるってことで……なんというか、今までより深く、好きな相手の人生にかかわってる気分なのね」

「まあ、うん」

「なかなか官能的でいいよ。興奮する」

大真面目に言って、親指をぐっと立てられた。

自分の妻は、割と面白い性質の人だったらしい。それとも妻という人たちはみんな、実は面白い性質を隠し持っているのだろうか。

彼女の興奮のポイントがいまいち分からず、暁彦はあっけにとられたまま「それはよかったです」とぎこちなく答えた。

妻に興奮された日を思い出しつつ、よく晴れた午前の町を歩き出す。橋へ向かう途中で郵便局に立ち寄り、午前中に梱包《こんぽう》した商品を五つ発送した。

建物を出ると、オレンジ色のウスバキトンボが目の前をすいっと通り過ぎた。きっと先ほどマンションの廊下で見たのと同じ群れだろう。少し顔を巡らせるだけで、近くの民家の軒先に一匹、薄曇りの空に一匹、色づき始めた柿の実のそばにもう一匹と、あちこちに姿が見える。

子供の頃から虫が、特に虫の羽が好きだった。蝶《ちょう》の羽、蟬の羽、トンボの羽。鮮やかで美しい文様や、薄さの中に秘められた複雑でしたたかな構造に魅せられ、幼稚園児の頃にはもう昆虫図鑑を開いて、それらの羽を画用紙に描き写していた。精密なものが好きなのだ。覗《のぞ》き込めば、そこに小さな世界が広がっているように感じる。

気がつくと、ほんの一メートルしか離れていない椿の葉にも一匹とまっていた。日差しを受けて翅脈《しみゃく》を白く輝かせたトンボの羽は、まるで高級なシルクの糸で編まれたように美しい。暁彦は思わず手を伸ばし、触れる間際で指を止め、トンボのそばを通り抜けた。トンボの群れを、星羅に見せたかったな、と思う。まもなく五歳になる彼女はほんの数日前、保育園の帰り道に「とんぼのめがねはみずいろめがねー、あーおいおそらをとんだからー」と歌っていた。なので、実際のトンボの目の色を一緒に確認したかった。今頃は保育園での昼食が終わり、昼寝の支度をしている頃だろうか。たくさんの幼児がせっせとパジャマに着替えている姿を想像すれば頰がゆるむ。

赤ん坊のころに比べ、立ち上がり、歩き、言葉を発するようになった星羅はずいぶん付き合いやすくなった。歌とブロック遊びが大好きで、他の子供と遊ぶより一人でえんえんとブロックの城を組み上げていたいタイプのマイペースな子供だ。三歳の誕生日前後からそうした性質が表に出てきたように思う。彼女は負けず嫌いだった自分とも優等生タイプだったという妻とも違う、一人の他者なのだとしみじみ感じられて、切なくも面白い。

そう冷静に思えるまで、星羅との付き合いは困難の連続だった。なにしろ生後七ヶ月まではほとんど育児をしていなかったのだ。咲喜が仕事へ重心を移し、残業や出張も引き受けるようになったことで、朝夕の送り迎え以外にも暁彦が星羅と二人きりで過ごす時間が増えた。泣くタイミングも、理由も、泣き止ませ方も分からない赤ん坊を一日中世話していると、時々、時限爆弾でも抱いているような悲壮な気分を掻《か》きたてられた。

「おっぱいがほしい」

寝ても覚めても星羅がどこかで泣いているような幻聴が聞こえ始めた頃、暁彦は夫婦で晩酌をしている最中にぽつりと言った。

「星羅はもうおっぱい飲んでないよ？」

「いや、食料的な意味でなく、ぬくもりとか柔らかみとか、そういう意味で」

「暁ちゃんの胸板も割とあったかいし柔らかいよ？」

「俺の座布団みたいな胸板でなく、もっとこう、質量のある柔らかみが求められている気がする」

「私、別に授乳してる時でも大した質量なかったけど」

暁彦は思わず、ビールを傾ける咲喜の胸元を見てしまう。チェックのパジャマに包まれた胸部に、確かに目立った膨らみは見受けられない。そうだよな、そういう女の人だっているんだ。でも星羅は咲喜に抱かれると泣き止むことが多い。自分の抱っこと咲喜の抱っこの、一体なにが違うというのだろう。

「単純に世話してた時間の差だよ。暁ちゃんの声や匂いに慣れたら、もっと落ち着くって」

そう言われては、身も蓋《ふた》もない。

保育園の送迎と朝夕の食事作りを担いつつ、日中は仕立て直し屋で働く。そんな新しい生活は、一ヶ月ほどで行き詰まりを迎えた。好きなミシンにずっと触れていられるという点で仕事は楽しかったが、それでも職場に慣れるまでは気が抜けなかった。縫製だけでなく客対応も行うため、予想外のトラブルに振り回される場面も多い。しかしどれだけ頭が仕事でぐちゃぐちゃになっていても、夕方の五時には急ぎ自転車を漕《こ》いで、保育園に迎えに行かなければならない。そこから買い出し、夕飯作り、食べさせて風呂に入れて寝かしつけ、と怒濤《どとう》のタスクが続く。咲喜が早めに帰宅してくれると、寝かしつけなり風呂なりを交代してもらえてかなり気が楽になる。ようやく息がつけるのは寝かしつけを終えた二十三時。その後も二、三時間ごとに夜泣きが続く。そして、育児に休日はない。

一つ言えることは、朝から機嫌が悪く、抱っこ続きだった赤ん坊に二時間泣かれて疲れ果てた日曜の午後に、「これまで育児してきた時間の差」だなんて正論を思い出しても、なんの役にも立たない、ということだ。オムツは替えたし、ミルクはたらふく飲ませたばかり、室温は暑くも寒くもない二十六度。熱もないし、肌がかぶれているわけでもない。ずっと抱っこをして、できる限り優しく揺らしている。それでも星羅はうぎゃああ、うぎゃああ、と悲しげな声を上げている。

もう自分にできることはすべてやった。万策尽きると、まるで抗議でもされているような気分になる。どうしてお前はママじゃないんだ、ママがいい、ママがいい、と。

仕事を辞めたあと、自分が家事育児のメインプレイヤーになると伝えたところ、電話口の向こうで両親は絶句していた。咲喜さんと替わってくれ、と促されて受話器を渡したら「いえいえ！　いえいえいえ、そんな」と咲喜がしきりに恐縮していたので、おそらく父親は彼女になんらかの謝罪をしたのだろう。元同僚や知人も、近況を伝えると戸惑いを見せた。「そんなのダメだろ」と頭から否定する人もいた。そんな数々の心もとない瞬間が急に頭を埋め、暁彦は天井を見上げた。

自分たち家族にとって一番いい選択だと思っていた。でもやっぱり、間違っていたんだろうか。この瞬間に隣にいるのがママじゃないことで、おっぱいがないことで、俺は星羅を苦しめているのか？

赤ん坊の泣き声は、甲高い。ずっと聞いていると、だんだん体に弱い電流でも流されているような不快感と不安が込み上げてくる。

「あー」

ぐらり、と腹の底から強い衝動が湧いた。もう抱っこしているのが嫌だ、放り出してしまいたい——。苛立《いらだ》ちが膨らむと同時に、「そんなのダメだろ」と自分の判断を鼻で笑った元同僚の顔が思い出された。

『攻撃性が男の本能なんだから、子育てなんかできるわけないって』

無性に、ムカついた。

泣いている星羅に対してではなく、ろくに育児をしたこともないだろう元同僚の馬鹿げた決めつけに。

怒りで、かえって冷静になった。とりあえず泣いている星羅をカーペットに下ろす。周りに危険なものがないことを確認し、そっとその場を離れた。ぎゃあああ！　と泣き声が一層高くなる。だけど今は我慢してもらう。

泣き声から避難するようにトイレに入り、スマホを手にとった。「父親　赤ん坊　泣き止まない」「父親　できる　あやし方」など、思いつく単語を検索ボックスにいれても、「普段会わないパパへの人見知り」だの「パパが自信をなくさないようママができるフォロー」だのピンとこない情報しか表示されない。

泣き声が続いている。焦りつつ検索を繰り返すうちに指がすべり、検索中の単語から「父親」が抜けてしまった。「赤ん坊　泣き止まない」とより大雑把な条件で検索され、表示された結果ページの中ほどに、気になるブログを見つけた。

コウテイペンギンの子育て日記、というこの世に星の数ほどあるイラスト付きの育児ブログの一つだった。ヒットした記事タイトルは、「なにをやっても泣き止まない」。記事の冒頭には、もこもこしたグレーの子ペンギンが仰向《あおむ》けで泣きじゃくっている愛らしい雰囲気のイラストが添えられている。

【泣き止まない。

なにをやっても泣き止まない。

おなかはいっぱいだしオムツも替えた、げっぷも出たし汗もかいてない、気がつけばずーっと抱っこしてる。発熱もないし、かぶれもない。それなのにぐずぐず泣き止まない……分かります！

今まさに生後七ヶ月の次男がそんな感じです！】

思わず指が止まった。これだ。これをどうすればいいのか、知りたかった。次男、ということは、この人は既に上の子供がこの月齢を超えているのだ。きっと有効な対処法を知っているだろう。そう期待して、画面をスクロールする。

【泣きたいんですよ。しょうがないよ。ペンギンも疲れるとよく泣きたくなります。いっしょいっしょ。

毎日ミシミシ成長してて体が痛いのかもしれないし、たまたま天井に映った影が怖かったのかもしれないし、お腹がぐるぐる鳴ったのがいやだったのかもしれない。

こちらが考えられる限りの手を尽くしても、泣いてること、あります。なんらかの不安や不快感があるのかもしれない。でもそれは、少なくともその子を抱っこしてるあなたには伝わらないんだからしょうがない。すべての要求をエスパーみたいに理解して拾うのは無理です。

なので、私は割と開き直ります。泣きたいなら泣きなさいよ、と失恋してくだを巻いて

る友人を相手にしている気分でいきます】

なんだか想像していた方向性と違う。

というか、もしかして、育児をしているのが父親だからとか母親だからとかに関係なく、「手を尽くしても子供が泣き止まない」のはよくある現象なのだろうか。

【失恋して泣いてる友人に、なにをしますか。私は関係ない話をふったり、遊びに誘ったりします。その人が好きな芸能人の話とかね。ようするに、悲しいことから気を逸《そ》らすわけです！

そういうわけで、エンドレス泣きの次男に試してなんとなく効果があったかな？　ってこと、順番に書いてみます。

その一、抱っこしたまま、好きな音楽を流してノリノリで歌う。親が楽しそうだと、『お、なになに？』って思うみたい。うちでは、B'zのライブDVDをつけてテンション高めでシャウトしていたら、いつのまにか泣き止んでました。

その二、歯が生え始めの時期だと、もしかしたら歯ぐずりかも。歯固めも、赤ちゃんが持ちやすいやつ、冷蔵庫で冷やして噛むと気持ちいいやつ、色んなタイプがあるので探してみてね。いくつか代表的なメーカーのがコチラ。

その三、色の派手なぬいぐるみを、腕の陰なり物陰なりからひょこっと出して、また隠す。猫を猫じゃらしであやす感じで。割と興味を引っ張れる。

その四、抱っこしたままスクワット。縦方向の運動が楽しいみたい。

その五、うちはあまり効かなかったけど、参考までに、赤ん坊を泣き止ませるって評判の動画がコチラ】

最後にペンギンさんは「それでもダメなら、その子がとにかく泣きたいんだよ。親は焦らずアイスでも食べて、ゆっくり泣かせてあげて」と結んでいた。

歯ぐずり？　もしかして、それだろうか。一週間ほど前、前歯が二本生えてきたばかりだ。確かに少し、歯茎に血がにじんでいた。歯が出てくる時の痛みなんて覚えていないけれど、不快なのかもしれない。

急いでトイレを出て、星羅のもとへ向かった。星羅は真っ赤な顔を涙で濡らして身をよじっていた。暁彦を捜していたのだろう。カーペットに涙のあとをつけて、初めの位置から二メートルほど戸口の方向へ移動していた。ごめんな、と謝りつつ抱き上げると、泣く勢いが心なしか弱まった。ウェットティッシュで涙を拭き、急いで彼女を抱っこ紐に入れて、ベビー用品が充実したドラッグストアへ向かった。

「あ、なにこれ。かわいい」

数日後、出張から帰ってきた咲喜はカラフルな花の形や、赤ん坊が持ちやすい小さなバナナの形をした歯固めを面白そうに手に取った。どれがいいか分からずに、色々買ってしまった。

「歯が生えただろう？　歯茎が痛いみたいでぐずってたから、買ってみた」

「ふーん、そんなこともあるんだ。痛いのかー、かわいそうに」

星羅は咲喜に抱き上げられ、嬉しそうに手足をばたつかせた。その手には、暁彦が用意した冷蔵庫で冷やすタイプの、魚の形の歯固めをしっかりと握っている。

ペンギンさんのブログは、それから暁彦の拠《よ》り所になった。

星羅への対応で迷いが生じたらとりあえずブログを開き、悩みの内容を検索してみる。三歳と零歳《ぜろ》の子を育てているペンギンさんは、とにかく子育て関連のお役立ちグッズや、子供を喜ばせるちょっとした遊びやテクニックに明るい。記事をさかのぼると、おっぱいを吸われると不快感を感じる体質であることも綴《つづ》られていた。それで子供をなだめる手札を増やそうと試行錯誤したのかもしれない。母子の特別な絆《きずな》とか、授乳を通じた信頼形成とか、暁彦からすれば困惑するしかないカードを持ち出さないため、ペンギンさんのブログはとても読みやすかった。

歯固めに続いて、テーブルの角などにつけるコーナーガードとベビー用腹巻きを買い、テレビの画面にパソコンをつないで赤ん坊が夢中になるという動画を流し始めた辺りで、咲喜に声をかけられた。

「最近、なんか色々試してる？　ずいぶん慣れてきたよね」

「そう？」

内心、ずいぶん得意だった。ペンギンさんが紹介していた、ほんわかした絵柄の動物たちが次々に「いないいないばあ」をしてくれるアニメーションに星羅は釘付《くぎづ》けになり、それを流しておけば十分くらいは泣かないで座っていてくれるようになった。おかげでうどんなりパスタなり、簡単なものなら自由な体でさっと夕飯を作れる。常におんぶして様々な家事を行っていた頃に比べて、体の軽いこと、軽いこと。

「実はいいサイトを見つけたんだ」

咲喜にとっても面白いだろうと、ペンギンさんのブログを示す。咲喜はふーん、と鼻を鳴らし、パソコンの前に座った。夕飯の前、食後、そして星羅の寝かしつけを終えてからも、熱心にブログを読んでいた。

ペンギンさんとの待ち合わせにはまだ時間があった。橋の手前の森林公園に立ち寄る。もうすぐ商品を委託しているネットショップでセールが行われる。それに間に合うように、新作アイテムのプロモーション写真を用意しておかなければならない。先ほどマンションの廊下で撮った写真はエモーショナルでアイキャッチにはいいのだが、服を売るとなるともっと一つ一つのアイテムにピントを合わせた写真が必要だ。

日頃から利用している人通りの少ない撮影ポイントに向かい、コッペくんとロールちゃんを取り出した。秋の新作はトップスが六点、ズボン及びスカートが四点、ワンピース三点、コートが二点。靴や帽子といった小物も合わせてコーディネートを考え、日差しの角度や背景の木々とのバランスを調整する。赤トンボの長袖シャツ、葡萄色のズボン、金木犀のワンピースはもちろん、フェルトで作った林檎を縫いつけたスカートや、黄金色の銀《いち》杏《ょう》の葉をいっぱいに散らしたコートも撮った。

暁彦はこれらの人形の服を単品ならだいたい七百円、コーディネートした三点セットなら二千円で販売している。サイズには少しゆとりを持たせ、コッペくんやロールちゃんだけでなく、別のおもちゃ会社が販売しているジミーちゃんやちとせちゃんなど、体の寸法が少し違う人形にも着せられるように作っている。他、リカちゃんやシルバニアファミリーなど、サイズのかけ離れた人形に関しても要望があれば、受注生産を行う。親子コーデが流行《はや》っている影響か、たまにロールちゃんとおそろいの服でお出かけしたいという子供もいるようで、「この服とまったく同じデザインで子供服を作って欲しい」といった注文に、割増料金で応じることもある。

星羅が二歳の頃、ロールちゃんの着せ替え遊びにはまったことがきっかけで、暁彦は人形の服を作り始めた。おもちゃメーカーが出している人形の服は成人の服が普通に買えてしまうくらいには値が張っていて、自分で作った方がよっぽど安上がりに感じたからだ。

初めは適当な生地と型紙を買い、シンプルなワンピースやパジャマを漠然と作っていた。しかしレースだったりビーズだったりを布に縫いつけ始めた辺りから、時間を忘れるほど夢中になった。息を詰めて黙々と美しく精密なものを作っていると、虫の羽を模写していた時と同じ脳の一部分がぞわぞわと蠢《うごめ》き、深い喜びがあふれ出すのが分かった。

自作した服の数はあっという間に三十を超え、これは単なる家庭内の趣味に収まらないと感じた暁彦は、ネットショップを通じて手作りした人形の服を売り始めた。初めの二ヶ月は低調だったが、次第に注文数は伸びていった。細部までこだわりを感じる、甘すぎないけどさりげなく可愛い、ユニセックスな雰囲気がする、とショップには嬉しいレビューが集まった。買ってくれた人たちも、まさか有機的で細かいデザインが虫の羽から着想を得ているとは思わないだろう。面白がってもらえて、嬉しかった。

一年ほどで開業届を出し、仕事を人形服ブランドの運営一本にしぼった。今では毎月、かつての仕立て直し屋のアルバイト代と同じぐらいの利益が出ている。好きなことと仕事がうまく噛み合った自分は運がいい、と暁彦は思う。

撮影の途中、人が通りかかった。

暁彦はバッグの中を覗くふりをして、さりげなく人形を体で隠した。過去に何度か不審者と間違われて公園の管理者や警察を呼ばれたことがあったからだ。たまたま撮影の位置取りが悪く、公園で遊ぶ児童達を盗撮していると疑われたこともあるし、真っ昼間から裸の人形を持ってうろうろしているなんて変質者じゃないか、と不躾《ぶしつけ》に決めつけられたこともある。自分は運がいいし、着せ替え好きの女の子やその母親を中心とするお客さんが喜んでくれるのだから、いい仕事だと思う。ただ、だからといって、それだけで社会と仕事の歯車が隙間なくかっちりと噛み合うわけでもない。

コッぺくんやロールちゃん、いわゆる愛育ドールと呼ばれるおもちゃは、女の子のためのものというイメージが依然としてある。自分がもしも女性だったら、人形が趣味の人、と受け取られることはあっても、変質者とは思われないんじゃないか。そう考え始めると、口の中が苦くなる。

十メートルほど離れた原っぱから、賑《にぎ》やかな子供の声が響いてきた。

茂みの向こうで、同じ色の帽子を被《かぶ》った十数人の幼児たちが追いかけっこをしている。近くにエプロンを着けた保育士の姿もある。どうやら近所の保育園の子供たちのようだ。

帽子の色を見る限り、星羅が行っているところとは別の園だ。

また不審者に間違われてはたまらないので、人形や服を仕分けしてバッグにしまう。そろそろ出発すれば、待ち合わせの時間にちょうどいい。

バッグの中に、水色の紙袋にリボンの形のシールを貼った包みが見える。ペンギンさんへのプレゼントだ。喜んでもらえるだろうかと、自然と頬がゆるむ。

「ううん、きみちゃんおんなのこだから、おすもうまけちゃうの」

柔らかい風に乗って、ふ、とみずみずしい子供の声が耳に届いた。振り返る。追いかけっこを終えた五、六人の幼児が、集まって次の遊びの相談をしているようだった。女の子の一人が真面目な顔で首を振っている。きっと、あの子が言ったのだ。あの子にそう教えた大人がいるのだ。暁彦はバッグを肩にかけ、その場を離れた。


ペンギンさんのブログを「いやだ」と咲喜は言った。

とても歯切れ悪く、どこか、苦しそうに。

「……どうして？」

暁彦は慎重に、なるべく咲喜に圧を与えないよう聞いた。咲喜は眉間《みけん》に薄くしわを寄せて、つっかえつっかえ答えた。

「なんか……なんか、いやだよ。星羅の子育ては、私と暁ちゃんでやるものでしょう。それなのに、インターネットの向こうの知らないママの意見をそのまま取り入れるの、変な感じ。星羅に関して、なにか困ったことがあったら私に言ってよ。二人で相談して、解決すればいい」

「……それはその通りだけど」

でも、自分も咲喜も星羅のぐずりが「歯ぐずり」だと思い当たらなかった。もしペンギンさんのブログを見ていなかったら、今でも星羅は腫《は》れて熱を持った歯茎に苦しんでいたことになる。自分たちが相談すれば、なんでも問題が解決できると思うのは危うくないか。いや、それよりも。

「星羅がもっと小さい頃、咲喜のママ友の意見を取り入れて、おすすめのベッドメリーを買ったり、寝返り防止のタオルを巻いたペットボトルを用意したりしたじゃないか。あれと、なにが違うの？」

「だってそれは、高校の頃の同級生だもん。信頼できるよ」

「俺だって、この人のブログを頭から鵜呑《うの》みにしてるわけじゃない。星羅の様子を見ながら、こうしたらもっと良いかもしれないっていう可能性を拾っているだけだよ。高校の同級生が、必ずしも星羅にぴったりのアドバイスをするわけじゃないし、インターネット上の情報が決まって役に立たないわけじゃない。それは、情報を受け取るリテラシーの話じゃない？」

咲喜は喉《のど》の奥で鈍くうなった。普段はあまり言いよどむことのない人なので、珍しい。答えを待つ間に、暁彦は細かく刻んだ野菜と卵と米をとろとろに煮込んだ雑炊を吹き冷まし、星羅の口に差し入れた。ちゃ、ちゃ、と舌を鳴らしておいしそうに食べる。顆粒だしを鰹から昆布に変えたのが良かったのだろうか。よく食べるのでまた作ろう。ふくふくした口からこぼれた野菜の欠片《かけら》を、丸っこいスプーンですくう。

「それに、俺の元同僚や友人でがっつり育児をしている人って今のところ思いつかないから、ちょうどよく相談できる相手がいないんだよ。インターネットが一番手軽じゃないか」

「……今更なんだけど、保育園の送り迎えで他の保護者と仲良くなること、ないの？」

「ない、ない。お互いに忙しいから、すれ違いざまに挨拶《あいさつ》するだけ」

「じゃあ公園は？」

「公園なんか、時々他のママさんに警戒されてる感じするもん。星羅が公園で会った子と遊び始めたら、怪我させないようにとか、おもちゃをとっちゃわないようにとか、一応子供らのそばに様子を見に行くだろう？　他のママたちもそうしてる。でも俺が近づくと、結構な確率で『さああっちに行こうね』って自分の子を抱き上げてどっか行っちゃう」

「なにそれ。気のせいじゃない？」

「ちょくちょくあるよ。他にもデパートとかのオムツ替えコーナー……ほら、あの台がずらっと並んでるやつ。星羅のオムツを替えようとしたら、隣でオムツを替えようとしていたママさんが急にやめて、いなくなったこともあった」

「……よく分かんない。私は、そんなことしない」

「それは咲喜が、育児する男性を身近に感じてるからだろう。そうじゃない人も、まだたくさんいるんだ」

男性保育士が園児にわいせつな行為をした、父親が娘に性的虐待を行った、PTA会長が児童を殺害した容疑で起訴されたなど、ショッキングな小児性犯罪が時折報道される。そうした事件にショックを受け、男性が育児を行うことへの忌避感を持つ人はいるのだろう。

だけど自分は、ただ星羅を育てているだけだ。隣でオムツ替えをされている女児の体に興味を持つと思われるのは心外だし、そうした事件を起こした人間と、ただ性別が同じというだけでひとまとめにされてはたまらない。

咲喜は難しい顔で、暁彦が作ったアンチョビとトマトのパスタを口に運んだ。

「……これ、めちゃくちゃおいしい」

「でしょう。黒オリーブ、刻んで入れてあるんだ」

「なんか──……」

「ん？」

「私もそういう固定観念に囚《とら》われてるっていうか……紹介してくれたブログを読んで、変に辛くなったのは、私はあんな風に子供に寄り添って暮らしてない、暁ちゃんに任せちゃってる、って後ろめたく思ったからかも……しれない。やるべきことをサボっているって言われた気分になったし、暁ちゃんに、よそのママはこんなに子育てしてるって、思われるのはいやだって、思った」

暁彦は数秒、言葉を失った。

「思うわけ、ないじゃないか！」

変わり者で、翻って先進的で、性別のイメージに囚われないタイプだと思っていた咲喜が、こんなことを言うなんて。

その日の深夜、星羅の寝かしつけを終えて寝室を出ると、ダイニングテーブルで咲喜が市から送られてきた十ヶ月健診の書類を記入していた。

眉間のしわが、やけに深い。

「受診前のアンケートの、保護者に関する質問が、ぜんぶママ宛てになってる」

「ええ？」

差し出されたプリントを読む。確かに質問は、すべての文章に「ママ」の二文字が入っていた。最近のママの気持ちでぴったりくるものをすべて選んで下さい（楽しい、悲しい、不安、怖い、など感情を示す様々な単語が並べられている）。ママが子供と接していて辛いと感じることはありますか（よくある、時々ある、どちらかといえばない、まったくない）。ママが育児で行き詰まった時に、相談できる相手はいますか（パパ、両親、義理の両親、保育園の先生など、複数の選択肢が用意されている）。パパは育児に協力的ですか（おおいに協力的である、おおよそ協力的である、どちらともいえない、あまり協力的でない、まったく協力してくれない）。このように育児のメインプレイヤーは「ママ」であると、ひとかけらの疑いもなく思っている文面だった。

「俺さみしい」

「私は、すごく悔しい」

咲喜は、パパは育児に協力的ですか、の質問の「おおいに協力的である」という回答にぐりぐりと二重丸をし、「主に父親が子供の世話をしています」と欄外に書き添えた。

「暁ちゃんの置かれている状況が、少し分かった気がする。これは、確かにいやだね」

ふー、と深く息を吐き、咲喜は「さっきはごめんね」と小さく言った。

「ペンギンさんのブログ、どんどん見て下さい。それで面白い育児ネタを見つけたら、私にも教えて」

こうして、夫婦二人でブログの読者になった。その頃から二人にとって、仕事と育児と家事のちょうどいい分担が作られていった。星羅は一歳になり、二歳になり、その時々で想像もできないような問題と、得がたく素晴らしい瞬間を無数に巻き起こしながら大きくなった。

星羅が四歳になった春先に、いつものようにネットショップから注文が入った。オーダーは、penguin-kouteiというユーザー名について、初めはなんとも思わなかった。コッぺくん及びロールちゃん向けのTシャツと、左胸に青いトンボのビーズ刺繍を入れたコッペくん及びロールちゃん向けのTシャツと、お尻《しり》にフェルトで作った恐竜の尻尾《しっぽ》をつけたカーキ色の半ズボンだった。いつも通りに梱包し、発送した。宛先が隣町だったので、これなら郵送するより徒歩で持って行った方が早いな、と少し笑った。

数日後、ペンギンさんのブログに、保育園の友達と一緒に人形遊びをするチビペンギンくんのイラストを添えた記事が投稿された。

ペンギンさんの下の息子を示すのだろう、グレーの羽毛に覆われたチビペンギンくんの膝には、コッペくんが座っていた。

トンボのTシャツを着て、恐竜の尻尾付き半ズボンを穿《は》いた、コッペくんが。

公園を出てしばらく道沿いに歩くと、秋空を映して白っぽく光る川が目の前に現れた。川幅は広く、百メートルくらいはありそうだ。下流の方向に若草色の塗装が施されたコンクリート製の橋が見える。この辺りは水鳥が多く飛来するせいか、橋の側面には羽を広げたたくさんの鳥のイラストが向きを揃えて描かれていた。まるで連なる鳥の背で、もう一つ橋を作っているかのような趣がある。

暁彦は川の向こうに目を向ける。雰囲気はこちらの町とほとんど変わらない。コンビニがあり、ガソリンスタンドがあり、中学校がある。なんの変哲もない郊外の町だ。なにか事故でもあったのか、パトカーが通りを行き来している。あちらに、ペンギンさんが住んでいる。

トンボのTシャツと恐竜の半ズボンのあとも、ペンギンさんからはたびたび注文が入った。何日に発送いたします、ありがとうございます、などのシンプルなやりとりをしてブログを見に行くと、チビペンギンくんが真面目にコッペくんの着せ替えをしている様子がアップされている。どうやらチビペンギンくんには仲の良い女の子が二人いて、彼女らが家に遊びに来た際にお人形を持っていたのを見て、コッペくんを欲しがったらしい。

四回目の注文を受けた際、暁彦はペンギンさんに、実は数年前からブログの読者であることを打ち明けるメッセージを送った。育児について相談できる人が周りにおらず、とても参考になったこと、今でも夫婦で愛読していることを綴ったところ、ペンギンさんはとても喜んでくれた。とんとん拍子で、隣町のイタリアンカフェで一緒にランチをする約束が交わされた。ペンギンさんは近所のデザイン会社に勤めており、昼の休憩時間に抜けてきてくれるという。

ペンギンさんの下の息子は、いつもビーズ刺繡なりイラストなり、なにかしら昆虫の図案が入った服をコッペくんに買いたがる。特にトンボが好きなようだ。そこでサプライズプレゼントとして、裾《すそ》にカラフルな糸でオニヤンマの刺繍を入れた息子くん向けのTシャツを用意した。

流れの遅い川を横目に、ゆるやかに隆起した橋の中央へ向けて歩き出す。

ポケットに差し込んでいたスマホが、メッセージの受信を告げるメロディを発した。なにかペンギンさん側にトラブルだろうか、と暁彦は画面を確認する。

届いていたのは、保育園からの全体メールだった。普段は「明日は写真撮影なのでみなさん帽子と白いハイソックスを忘れないで下さい」だの「雨が降りそうなので運動会は延期します」だの細々とした連絡に使われている。しかしそのメールは、これまでにない緊迫感を伝えた。

【注意喚起】午前十一時頃、自宅で就寝していた鷲町《わしまち》在住の児童が、住居に侵入した不審な男に体を触られる事件が発生しました。犯人は現在も逃走中です。警察によると、男の年齢は三十代から四十代と見られ、口と鼻を覆う薄手の黒いマスクをつけ、大きな鞄を所持していて、逃走時に児童の服を持ち去ったということです。送迎の際は充分に注意して下さい。

なんだこれは、と足が止まった。

鷲町って、これから行こうとしている川向かいの町じゃないか。犯人が逃走したからパトカーがうろうろしていたのか。

犯人は三、四十代で、大きな鞄を所持していて、児童の服を持ち去った？

暁彦は頭のてっぺんから順に、みるみる血の気が引いていくのを感じた。これは、ちょっとまずくないか。客観的に見て、今の自分は犯人と誤認される条件を満たしすぎていないか。年代はぴったりで、大きなショルダーバッグを持ち、中にはペンギンさんにプレゼントするつもりの子供服も入っている。犯人はマスクをつけていたのだから、顔がきちんと確認されていないのかもしれない。これでもしも背格好まで似ていたら、冤罪《えんざい》を被ることにならないか。

ああでも、待ち合わせの時間まであと十五分しかない。

もしもあの時、あのタイミングでペンギンさんのブログに出会わなかったら、自分は苛《いら》立《だ》ちに負け、子育てを憎んでしまったかもしれない。そうならずにずっと星羅の素敵なところを感じながら育ててこられた。おっぱいがなくても幸せに育てられると確信できたし、心のどこかでいつもあのブログを、お守りのように思っていた。

そんな恩人に会う機会が失われる。

橋の向こう側の通りを、またパトカーが走り抜けた。行くに行かれず、二度、三度と足踏みをした時だった。

「そこでなにをしているんだ」

背後から、咎《とが》めるような声がかけられた。振り返ると、髪に白いものが交ざった恰幅《かっぷく》のいい男性が立っていた。暁彦の父親よりさらに一回りは年が上だろう彼は、この辺りの土地を広く所有する地主で、現在の町内会長だ。朝夕と、登下校の時間には交通量の多い道に立ち、誘導灯を片手に子供たちの見守り活動を行っている。

面倒な人に会った、と暁彦は胸が濁った。町内会長には過去に公園で撮影をしていた際に幾度か、暁彦からすれば不当で不快な干渉を受けた。こんな日中にふらふらしているようなお遊びは仕事じゃない、男が苦労から逃げるんじゃない、君は奥さんと子供を不幸にしている、人形ばかりいじくって自分でも情けないと思わないのか、自衛隊に入って性根を叩《たた》き直してもらえ、更生したら知り合いの会社を紹介してやる。そんな、なにひとつ的を射ていない無神経な言葉を幾度かけられたことか。

彼が見守り活動を通じ、多くの父母から信頼されていることは理解している。こういう人が重石《おもし》となって、コミュニティの秩序が保たれる側面はあるのだろう。

しかし暁彦は、彼のような人を見ると本当に息が苦しくなった。レース、白いレース。俺はレースに触りたかった。脈絡もない思考がひらりと頭をよぎる。

町内会長は険しい顔で近寄り、不躾に言った。

「鞄を開けなさい」

「……は？」

「いいから鞄を開けなさい、早く。隠しても無駄だぞ」

彼が自分を、隣町の事件の容疑者扱いしていることはすぐに分かった。

暁彦はバッグの持ち手を強く握り、町内会長を睨《にら》み付けると、くるりと踵《きびす》を返して来た道を戻った。不快な場所から、一刻も早く立ち去りたかった。

「待ちなさい！」

バッグを強い力でつかまれ、中身を意識する。コッペくん、ロールちゃん、手を尽くした人形服の数々。ペンギンさんへのプレゼント。精密で、強靭《きょうじん》で、美しいものたち。レース、そうだ、レースだ。

同じクラスの、あいちゃんのシャツの袖についていた、小さなレース。

小さな薔薇《ばら》と葉っぱが刺繡された、シンプルな綿レースだった。俺はそれが、とても好きだった。虫の羽みたいで、めちゃくちゃきれいだと思った。なにそれ、と聞いたら嬉しそうに、ママがつけてくれたの、と言われた。刺繡に触らせてもらっていると、幼稚園の先生が来て俺に言った。

「暁彦くんそういうのはね、あいちゃんかわいいって言ってあげるのよ」

あいちゃんかわいい、と渡された言葉をそのまま言った。

ありがとう、とあいちゃんはにっこり笑った。先生は、よく言えましたと頭を撫でてくれた。あいちゃんかわいい、ともう一度言った。みんなに褒められて嬉しかった。レースに対して湧き上がった気持ちを忘れた。だってあれは、あいちゃんのためのものだから。なんてことだろう。

あれを忘れずに握り締めていたら、俺は今頃もっと、もっと、美しくて素晴らしい世界を見出《みいだ》せる人間に、なれていたかもしれないのに。

嵐のように襲いくる虚脱感と共に、暁彦はバッグをつかむ手を振り払った。

「あなたはとても、失礼だ」

町内会長は眉をひそめた。スマホを取り出し、どこかへ電話をかけ始める。暁彦は自宅の方向へ走った。

ウスバキトンボとすれ違った。北上する彼らは、迷いなく川へと飛んでいく。

マンションの前まで戻り、荒い息を整えた。

もう待ち合わせの時間だ。でも橋は渡れない。事態はややこしさを増している。それで、どうしよう。誤解を解く？　ペンギンさんにランチの延期を申し出る？　むしろ最寄りの警察署にでも出向いて、俺はやっていないと先に主張しておくべきか？　なにから手をつければいい。様々なショックで、頭が回らない。混乱したまま、スマホを手に取った。かけられる相手は咲喜しか思い当たらない。

出張中の妻は新幹線に乗っていた。隣町で事件が起こり、町内会長に疑いをかけられたこと。橋を渡れず、ペンギンさんに会えないでいること。起こった物事を思い浮かぶままに説明すると、咲喜は少し考えてから言った。

「落ち着きなよ。事件が発生した頃、暁ちゃんは公園で秋物の撮影をしてたんでしょう。なら、撮った画像のデータにその時刻が残ってる。言いがかりをつけられたら、それを見せればいい」

　言われてみれば、そうだ。少し呼吸が楽になる。咲喜は続けた。

「町内会長さんへは、改めて私も一緒に抗議をしに行く。あと……誤解されそうで橋を渡りたくないんだよね？　それならペンギンさんにこちらに来てもらったら？」

「どういうこと？」

「そのままだよ。橋なんて渡るのに十分もかからないんだから、仕事がおしちゃってとか理由をつけて、こっちの側のカフェに来てもらいなよ。別に、そんなに嫌なら無理して渡る必要ないよ、橋」

　妙に気が抜けた。

　ありがとう、と声をかけて通話を切る。続いて、ペンギンさんとやりとりしているSNSのアプリを立ち上げた。咲喜に提案された通り、直前の仕事が長引いてしまい、できればこちらの町で落ち合いたいとメッセージを送る。彼女はランチの相談をした際、「職場から車でひょいと抜けてくる」と書いていたので、橋を渡ってもらってもそれほど負担にはならないだろう。

すぐにペンギンさんから、分かりました―！　とあっさりした返事が来た。普段から家族で利用しているナポリタンとオムライスがおいしいカフェを待ち合わせ場所に指定する。

ランチタイムともあって店内には他にも客の姿があった。若いカップル、昼からビールを楽しんでいる常連らしき男性、高齢の婦人のランチ会。誰かを待っている様子の客は見当たらない。一通り見回し、暁彦は窓際の二人がけの席に座った。がらにもなく緊張する。

チリン、とドアベルが鳴り、ふんわりとした藍《あい》色のコクーンワンピースを着た女性が入ってきた。体格がよく、明るさのあるしっかりとした顔つきをしている。ペンギンさんか、と腰を浮かせかけたが、彼女は暁彦の席を素通りして奥のカウンターで店員と話し始めた。どうやら店の関係者らしい。

再びドアベルが鳴った。今度はライトグレーのパーカーにデニムを合わせた同年代の男性だった。違うな、と肩の力が抜ける。しかしソフトモヒカンにした髪をツンツン立てて、短く整えた顎鬚《あごひげ》を生やしたその男性は、つかつかと暁彦のテーブルにやってきた。

「あのーもしかして、『Aki's style』のアキさんですか。ドールの服を作ってる……」

暁彦は、まじまじと男性を見返した。

「はい……え、まさか」

「あ、どうも。ペンギンです。初めまして」

男性は照れくさそうに首の裏を掻き、会釈をしてから向かいの席に座った。水を運んできた店員にそれぞれドリンクと料理を頼み、改めて顔を合わせる。

「てっきり、女性の方だと」

「あー、よく言われます」

「確かに母親だとはブログのどこにも書いてなかったな……こっちに思い込みがあったってことですね」

「まあ、あまり分からないように書いてるんで」

「なにか理由があるんですか？」

「シングルファザーだって公言して、育児ブログやってた時もあったんですけど、なんとなくこう……そういう枠組みでしか読んでもらえなくなる、というか。パパだと分からないかもしれないけど、とか、パパだとこういうことは気づかないだろうから言いますね、みたいな、決めつけに近いコメントも多かったんですよ。それでも、めんどくさくなって。ごちゃごちゃ余計な色眼鏡をかけずに、我が家の面白おかしい日常と、俺の卓越した育児スキルを見てくれ！　そしていいねしてくれ！　って、承認欲求が爆発しました」

ペンギンさんはいたずらを仕掛けた子供のようにニヤニヤと笑った。暁彦も、つられて笑ってしまう。

「すごいですよね、育児スキル。めちゃくちゃ参考になりました」

「いやー、メッセージもらってこっちこそ嬉しかったです。ありがとうございます」

オムライスが二つ、運ばれてきた。チキンライスと半熟卵のあいだにチーズがたっぷり敷かれたそれにスプーンを差し込みながら、暁彦は淡い違和感を持った。自分は、ずいぶん迷いなくペンギンさんを「ママ」だと思っていた。それにはなにか、決定的な理由があったようにも思うのだが。

「ん？　おっぱいあげてませんでした？」

大きく口を開け、スプーン山盛りにしたオムライスを頬ばったペンギンさんは、一瞬なにを言われたのか分からないとばかりにまばたきをした。首を傾け、咀嚼《そしゃく》しながら考え込む。

「……あー、はいはいおっぱいあげてたっていうか、おっぱい吸わせたことはありましたね。そんなんブログに書いたっけ。……あ、書いてら」

スマホの画面を確認し、ペンギンさんは小刻みに頷いた。子供に父親の乳を吸わせた、ということに暁彦は軽い衝撃を受けた。そんなこと、考えたこともなかったからだ。

「なんでまた、そんな」

「そりゃもちろん、泣き止まなかったからですよ」

ペンギンさんはけろりとした顔で答えた。

「うちの下の息子がかなり過敏なタイプで……あの子が生後三ヶ月ぐらいの時に元妻が育

児ノイローゼというか、うつみたいな感じで実家に帰っちゃったんですね。そこからは仕事を調整して、俺が一人で育て始めたんですけど。まあとにかく寝ないし、泣くし、抱っこじゃないとダメだしで、すごくて。とにかく寝たいなーイライラしてやばいなーって焦って、ママたちがやってる添い乳ってのを一時期試しました」

「添い乳？」

「母親も子供も並んで寝転がって、そのまま授乳するやり方ですね。これだと子供はおっぱいを吸っているから泣かないし、母親も体を休められて、楽らしいです」

「はあ……」

やっぱりあると便利だなーおっぱい、と思う。ペンギンさんはのんびりとした口調で続けた。

「乳頭保護器っていう、乳首が小さいとか陥没してるとかで授乳がしにくい人が使う、シリコン製の器具があるんですけど、それを乳首に貼って試しました。そしたら下のチビがうまくくわえてくれて、こりゃいいわって思ったんですけど……なんかダメだったんですよね。寝ながら体を触られ続けるのに、俺はストレスを感じるたちだったみたいで。余計にイライラして、すぐやめました」

「なるほど」

経緯を聞くと、それほど意外には感じなかった。暁彦もまた、他者に上手《うま》く子育ての助けを求められずに疲労がピークに達し、ぐらり、と火のような苛立ちが込み上げる危険な瞬間を覚えている。苛立ちを子供にぶつけてしまうことを回避できるなら、自分も乳首ぐらいいくらでも吸わせただろう。

暁彦はふと、ペンギンさんがこちらの目を見ていることに気づいた。自分の言っていることが理解されているか、確認するような目つきだった。いやいや分かりますよ、と伝えるつもりで浅く頷く。ペンギンさんは苦笑して、小さく頷き返した。

「そういうわけで、その後はひたすら国内外の育児グッズを買いまくって、片っ端から試しました。他にもベビーマッサージとか音楽療法とか手遊びとか……下の息子が落ち着くなら、なんでもよかった。そうして集めた情報を整理がてらブログで紹介していったら、ありがたいことに俺やアキさんみたいなパパだけでなく、ママたちからもすごく支持してもらえるようになったんです。今度、ブログの内容をまとめた本が出るんですよ。『ペンギンデイズ』っていうの。一冊送るんで、読んで下さい」

ありがとうと礼を述べ、コーヒーを飲む。暁彦はふと、自分がとても久しぶりに、家庭外の空間で受け入れられているのを感じた。

「さっき、実は、えらい目に遭って」

リラックスし、口が柔らかくなり、だから言えた。橋と、その向こうの町を信じることはできなかったけれど、この二人がけテーブルの周囲の空間を、暁彦は信頼することができた。

　暁彦が、町内会長に川向かいの町の事件の容疑者扱いをされた旨を打ち明けると、ペンギンさんは驚きを露《あら》わに目を丸くした。

「ちょっと失礼」

　断りながら腰を浮かせ、暁彦の頭部に手を伸ばしてくる。側頭部の髪の一房の、根本近くを指で挟み、きゅっと引いた。

「いたた、なんで」

　暁彦は体をのけぞらせ、引っぱられた頭皮を手で庇《かば》った。すぐに髪をつかんだ指を放し、ペンギンさんは笑いながら座り直した。

「あー、アキさん犯人じゃないですね」

「ええ？」

「坊主なんですよ、犯人。報道にはその情報が載らなかったんですね。俺は上の息子が被害に遭った児童と同じ小学校に通ってるんで、保護者会からのメールでそれは知ってました。たぶん、鷺町の保護者の大半は知ってると思いますよ」

　暁彦はぽかんと口を開いた。中途半端な情報を元に、乱暴な詮索《せんさく》が行われるこちら側より、橋を渡ってしまった方が、自分にとっては安全だったのか。

　食事を終えて、暁彦は咲喜に託された絵はがきと、ギフト包装した子供向けTシャツをペンギンさんに渡した。Tシャツを取り出したペンギンさんは、気合いの入ったオニヤンマの刺繍に目を見張り、こんなの俺が着たいです、と笑ってくれた。

会計を済ませて店を出る。すると、今日一日でずいぶん見慣れたオレンジ色のトンボが数匹、風に乗って目の前を通り過ぎた。

「ウスバキトンボですね。ああもう、だいぶ羽がぼろぼろになってら」

ペンギンさんが呟《つぶや》いた。彼はずいぶん目がいいようだ。

「ウスバキトンボって群れで北上するの、アキさん知ってますか」

「知ってます。無効分散するんでしょう?」

毎年春から夏に世界の熱帯および温帯地域で発生するウスバキトンボは、群れを成して世代交代を繰り返しながら北上する。しかしそもそも種として寒さに弱いため、北上した先に定着することはなく、群れは死滅する。こうした繁殖に寄与しない生息地の移動は、無効分散と呼ばれる。

初めてウスバキトンボの渡りの習性を知った時は、まるで集団自殺でもしているように思えて胸がひんやりしたものだ。ペンギンさんはそうですそれ、と頷いた。

「無駄死にじゃないかって思ってたんですよ、俺も。でも、最近ふと思ったんです。こいつらは、環境が変わるのを期待してるんだなって」

「環境?」

「温暖化が進んで暖かい地域が増えたら、毎年毎年こんな集団自殺みたいな渡りをやっているこいつらの生息地は爆発的に増えます。馬鹿げた無茶をしているわけじゃなく、自分たちの生きやすい世界が来るのを信じて飛んでるんだ。けっこう、したたかですよ。そして、いずれは勝負に勝つだろう」

「ふーん……」

また一匹、薄いレースの羽を震わせてやって来る。暁彦はそれを目で追った。帰ったら、とびきり素敵なレースを探して、コッペくん向けのTシャツの袖に縫いつけよう。レースは羽だから、いつか、かつての自分のような男の子のもとに届き、彼と一緒に飛ぶかもしれない。想像もできないような遠い場所へ。

オレンジ色の華奢なトンボはすらりすらりと滑空し、川の向こうへ姿を消した。

（KADOKAWA『川のほとりで羽化するぼくら』に収録）

osaka. sora

小山健

小山健（こやま　けん）
マンガ家・イラストレーター。会社員時代に趣味でブログに描いたマンガ『手足をのばしてパタパタする』をきっかけにマンガやイラストを執筆。2017年、お父さん目線の育児コミック『お父さんクエスト』が大きな話題となる。19年『生理ちゃん』で手塚治虫文化賞短編賞受賞、同作は実写映画化もされた。著書に『死ぬ前に1回やっとこう』など。

登場人物

ハナちゃん（30）

山形さんの後輩で
デスクはとなり。

山形さん（30）

大阪の出版社で
はたらいている
ハナちゃんの先パイ。

諸刃の剣

責任もって笑えよ
おもろかったら笑うよ
絶対におもろい ただギリギリのコースをいくから
責任もって笑ってやってくれよ
ええからはよ言え
ほないくで
うちの姉ちゃんAVにでたことある
えなにそれめっちゃおもろい 色々聞いていい?
よかった〜

わるくち
はぁ
どしたん ハナちゃん
お便秘？
ちょっと見て これ
？
あー…
どっかで誰かが手をぬいたんやな
めっちゃがんばったのになー
ひとりでやる仕事とちゃうからなー

・・・・・・
さっさと仕事終わらせて家帰りたかったんかな
こいつ
ゲーム買ったばっかりやったとか
早いとこ冒険の旅に出たかったんかなー
剣とか盾とかそろえなあかんし
せやなーええ武器なりとドラゴンも倒せやんもんな
姫も世界もすくわなあかんし
ははははは
仕事どころやなかったんちゃう

残業

こういうの何て言うんかな
乱反射？
ファンファンファンファン
ファンファンファンファンファン
ひえ〜音と光がシンクロしてさながらスターゲイトみたい
もしくは合法ドラッグ!?
ファンファンファンファン
山形さんやめて〜トリップする〜〜

充実感

でで
できたー!!
べし
あースバラしい出来!!
カンペキ最高の仕事した!!
おつかれ
のみいく?
もち!
ゴチになりますパイセン
こんなときだけセンパイやな
ほんじゃぼくも今おわったから
すぐ行こや
OFF
・・・・・

?
行かへんの？
うん……
もう少し
今日した仕事
見てたいなと
思って
……
わかるよ
じゃあ先行っとく
「味穂」でいい？
うん
ギィ……
この写真
本当に最高
リテイクした
カイあったなー
このページの
レイアウト
天才的!!
ここの
タイポグラフィ
オシャレすぎ!!

アイデアのでんぱ

何も
思いつかない
なけなしの才能
が枯渇した
いつまでに
ださなあかんの？
2時間後
2時間か
やばい～
ギューーン
席を立った時に
思いつくことあるよ
ズピ
それだ

ほ
よ
そいや
ピキャー
思いついた
ガガガガガ

エネルギー

わたしら
30歳やん
うん
30歳って
バリバリやん
どゆこと
脂がのりきる
時期っていうか
20代で
ため込んだもの
放出する時やん

まあ…そうなんかな
わたし焦ってんねん
どえらいことやりたい
この世に爪あとを残すっていうか
前代未聞 史上最大 空前絶後なことやらないと…
このまま年だけとんのはイヤヤ
ハナちゃん
君はすごいな

わかりる

うわあ〜
ギャ〜
消えたい
なにしてんの
今年の仕事見直してんの
1月2月のはとくにキツイなあ
もうちょっと…
なんとかならんかったもんかなあ

やりなおしたいわー
わかる〜〜〜
わかりる〜〜〜
めっちゃ自分に似合う服
みっけた時とかさ
今まではなんだったんやって
思うよな
わかる〜〜〜
わかりる〜〜〜

話してなかったこと

こうやって毎日はなしてるから
ほとんど知ってるけど
なんかあたしが知らん
山形さんおしえてや
切ったツメ集めてるとかさ
なんかないの
うーん
失踪中の弟がおるな
え
知らんやった!
まあだいぶ前の話やし…けっこうおるで
兄弟失踪してるヤツ
あとはアメリカの中学でてるとか…
ええ
親の都合でむこうに暮らしてた時あってん

えっじゃあなに？
山形さんて英語ペラペラなん？
ペラペラじゃないけど
日常会話には困らんで
えすごい十分すごい
そういうことははよ言いなや
ハナちゃんなんかある？
え〜
山形さんみたいな大きな隠し球ないよ〜
あ、でも
育ての親と産みの親が別やな
えええええ
そんな人よーさんおるで
そーなんや

大阪の空

なにしてんの
目の中のゴミ見てる
晴れた日の空はよー見えんで
ほんまや
あたしのなかなか立派やわぁ
いやいやぼくのもけっこうどでらいで
あとさ
ちいちゃんのかげおくりって知らん？
知ってる！小学生のとき教科書にのってた

どうやるんやっけ
まず10秒まばたきせずに自分たちの影を見ます
いち
に
さん
し
ご
ろく
しち
まばたきすんなよー
はち
きゅう
じゅう
はい空見て
ハナちゃんはちいさいなあ
山形さんはおっきいなあ

胸に穴
なんかしゃべって
VAIO
VAIO
VAIO
VAIO
VAIO
VAIO
VAIO

失恋してもうてさ
ちょっと今日しゃべられんかもしれん

腰のために

あ〜
またや〜
また足組んでもた〜
骨盤ぐっちゃぐちゃなってまう
山形さんわるいんやけど
つぎアタシが足組んだら
変な顔しておしえてくれへん?
……
ええよ

はっ
あかんあかん
気をつけんと…
はっ

テレパシー

おーい
山形さーん おーい
山形さーん 山形さーん おーいこらー
こっち向けー
山形ー おーい おデブちゃーん
うそうそ
山形さん好き～ 超好き～
……
いつもありがとう
ぜんぜんあかんやん
なにが

知りすぎ

こないだマッドマックス観てん
あ、それツイッターでみた
2Dで観て後悔してその日のうちにIMAXでも観たんやろ
そうそう
ほんで影響うけてトカゲの丸焼き食べれるとこさがして行ったんやろ
……
そうそう
こないだ西天満のほうブラブラしててさ
VAIO
VAIO
VAIO
VAIO
VAIO
VAIO
VAIO

ああ それ ツイッターで見たわ
ミツバチ堂っていう喫茶店みっけたんやろ
うん…そう
本棚にあった本が面白くて10時間居座ってもうたんやろ
うん…そうやけど
やり返したな
なんにも知らんふりして話きいてくれたらえーやないの
ふっ
お互いさまや
うちら毎日会うしツイッターのフォローはずそか
せやな

本音の杯

ウォーキングデッドでやってた本音の杯っていうゲームやろや
自分が経験したことないことを言って言われた方は経験してたらこのコーラを飲む
いいよ
やろう
まずはぼくからね
道頓堀にダイブしたことがある
……
したことあるんだ
ごくり
つぎわたしね
ふたまたをしたことがある

ごくり
さいてー
いや、かさなる期間あるやん
あれあれ
つぎね ポッキーゲームしたことがある
ごくり
ほんと わかーいときよ わかーいとき
つぎわたしね
となりにいる同僚にときめいたことがある
……

不確か

うお〜 正月から
1月終わるまでの
このスピード
12個のうちの
1個使っちゃった
この感じ
恐怖だわー
早いよねー
ぼくちゃんと
1月生きてたっ?
なんか日数
足りれん気
すんねんけど
死んでる日
なかった?
だ大丈夫やで
山形さん
1月をフルで
生きてたで!

ハナちゃん
ぼく今生きてる!?
うーん…
見て！
もっと見て！
わたしを見て!!
酔ってんか
仕事もがんばってたし
バッチリやで！
わたしが保証するで！
自分が生きてる
姿を見てくれてる
人がいるのは
ありがたいことやなあ

スーパーラッキーガール

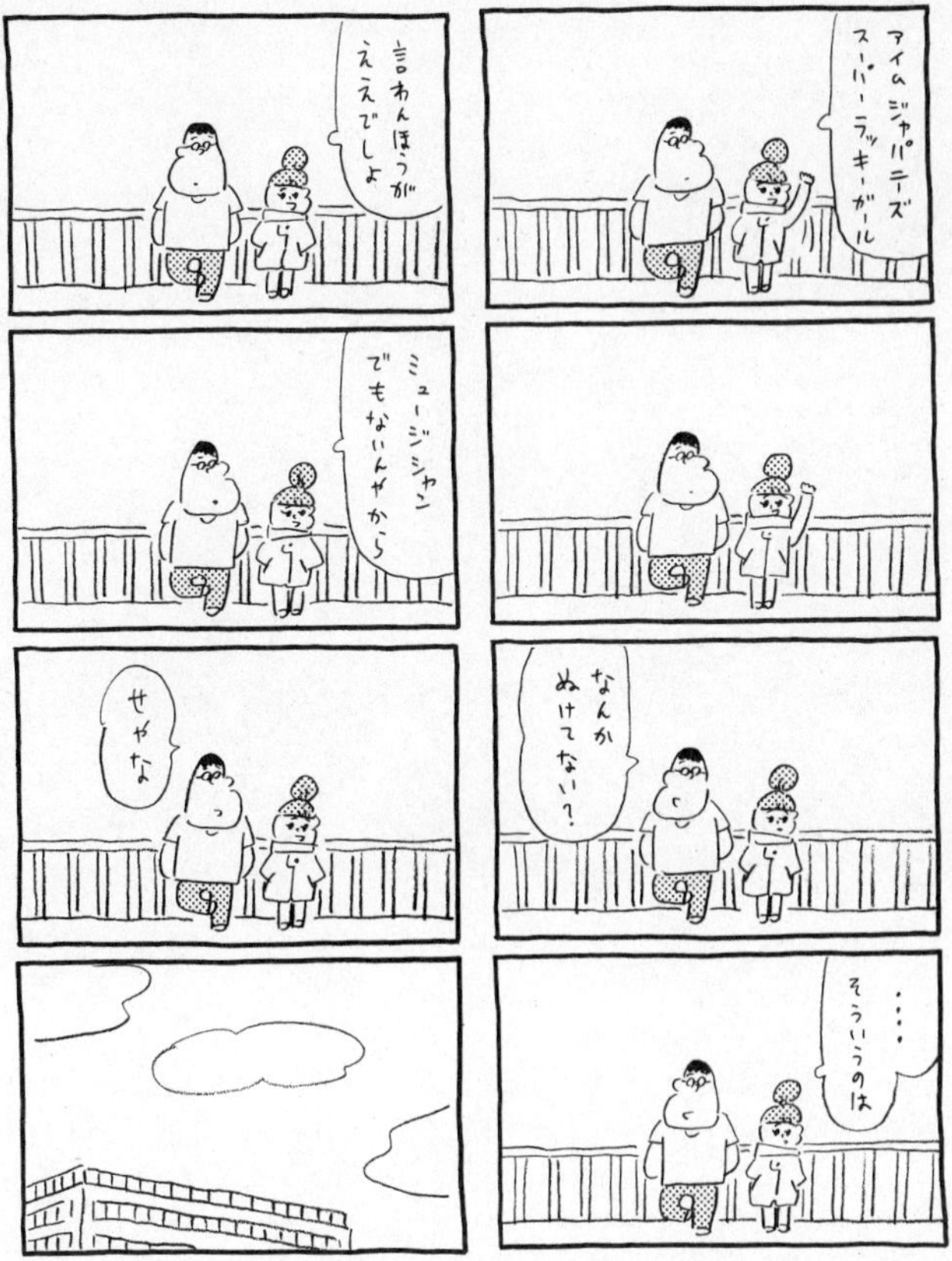

（キノブックス『osaka. sora』より一部抜粋）

解説

吉《よし》田《だ》大《だい》助《すけ》（ライター・書評家）

「男性主人公」縛りのお仕事小説＆漫画アンソロジー、『僕たちの月曜日』をお届けします。

編者を、という依頼が届いたのは二〇二二年三月末で、収録作のセレクトを完了させたのは六月初旬でした。探し方としては、いわゆる「働き方改革関連法」が国会で成立したのが二〇一八年六月なので、お仕事にまつわる日本人の意識の変化が明確化したのはこのあたり、とする。そのうえで、二〇一八年以降に発表・刊行された広い意味でのお仕事小説を片っ端からチェックしていきました。筆者は二〇一五年夏から「小説新潮」の書評欄で、「仕事・人生」という枠を担当しています。隔月で毎回二、三作を紹介してきたので、かなりフォローできていたようです。新たに読んだ作品もありましたが、収録したいと思うまでには至らず。最初期の段階で候補に挙げた漫画一作を含む現在の五作について、これで完璧、と自信を抱くためのセレクト期間だった気がします。ありがたいことに皆さんからご快諾いただき、理想のアンソロジーが完成しました。

　そもそもお仕事小説、お仕事モノとは何か。特定の職業の現場感や知られざる現実を、知る楽しさはまず一つあります。それ以上に重要なのは、仕事って何なんだろうと考える楽しさではないでしょうか。なかなか日常生活で「仕事とは？」と考えることはないし、そのトピックで隣人と語らい合う機会もあまりない。でも、お仕事モノの本を読んでいる間はそれができる。心の声も含めた登場人物たちの「仕事とは？」にまつわる思弁に聞き耳を立て、共感や反感を抱いたりすることは、彼や彼女たちとおしゃべりしているのと同じことではないでしょうか。

　前置きはここまでにして、収録作の内容紹介と簡単な解説を付していきたいと思います。

1．夏川草介「ダリア・ダイアリー」
『勿忘草の咲く町で　安曇野診療記』（二〇一九年十一月刊、KADOKAWA→二〇二二年三月刊、角川文庫）収録の一編。全四話＋αの、第二話に当たります。

　二〇〇九年のデビュー作から始まる『神様のカルテ』シリーズ、コロナ禍の医師たちの格闘を綴《つづ》った『臨床の砦』などで知られる、現役医師である著者が手がけた医療小説です。『神様のカルテ』の主な舞台は信州松本の市街地にある基幹病院でしたが、こちらは同じ信州でも地方にある小さな病院、梓川病院が舞台。研修医としてここへ一年間限定でやって来た青年・桂が、地方医療の現実に直面します。若者は都市部へ流出してしまい、地方には高齢者ばかりが残っている。治す（助ける）ことと同じかそれ以上に、看取《みと》ることが医師の仕事になっていたんです。

コロナ禍もあいまって世の中は今、目まぐるしく変わっています。その結果、あらゆる職種で起きている現象があります。その職業に就く前、その職業に憧れていた頃にイメージしていた仕事の中身と、就いた後で実際にやることになった仕事の中身が違う。特に若い人たちは、このしんどさにみんな心をキリキリさせている。でも、どうしたらいいのか。医師である桂は高齢の重症患者を前に悩みながら迷いながら、分かりやすい二択に寄りかからない、第三の選択肢を自力で見出しました。彼の思考法は職業の垣根を超えて、学ぶところが多いはず。ミステリー的にも優れた一編です。

2. 一穂ミチ「泥舟のモラトリアム」

『砂嵐に星屑』（二〇二二年二月刊、幻冬舎）収録の一編。春夏秋冬全四話の、第二話〈夏〉に当たります。

二〇二一年刊の『スモールワールズ』が吉川英治文学新人賞を受賞し、一般文芸の分野でも注目を集めている著者は、ボーイズラブ小説の書き手でもあります。その分野の代表作『イエスかノーか半分か』はテレビ業界の物語で、キラキラかつキュンキュンの仕上がりでしたが、同じ業界を舞台に一般文芸で発表した『砂嵐に星屑』はだいぶくすんでいる。

大阪にある架空の地方局で仕事する人々が織りなす群像劇です。前後の短編では影の薄い無害なモブキャラとして登場している五〇代のニュース番組の男性デスク・中島が、この一編では主人公=視点人物となっています。月曜の朝に発生した大きな地震で電車が止まり徒歩で出社を余儀なくされた、その道のりで出会ったさまざまな風景が、これまでの自分の仕事やテレビ業界の変遷を振り返るきっかけとなっていく。

ネットの広告費がテレビの広告費を抜き、テレビがメディアの王様ではなくなったのは二〇一九年のことです。作中のある人物は、テレビ業界を「泥舟」と表現します。もともと中島はこの業界に憧れがあったわけではなく、地元の大企業だからという理由で就職しました。できる、と言われるタイプの人間では決してない。けれど、中島には中島なりのテレビマンとしての思いがあり、過渡期を生きる組織人として担うべき役割がある。

仕事に対して良いプライドを持つことは、自分や周囲の仕事に良い作用を及ぼす。そのメッセージは、三〇代のAD男性を主人公にした最終第四話「〈冬〉眠れぬ夜のあなた」とも共鳴しています。原典に当たってみてほしいです。

3. 古市憲寿「彼は本当は優しい」

「文學界」二〇一八年四月号掲載。社会学者、テレビのコメンテーターとしてキャリアを重ねてきた著者の小説デビュー作です。芥川賞候補となった『平成くん、さようなら』がデビュー作と紹介されることもありますが、あちらは単行本デビュー作。本当の初期衝動が封じ込められた一作が今回、書籍初収録となります。

主人公は民放テレビ局の夜のニュース番組でキャスターを務める、三九歳のアナウンサー・大賀泰斗です。憲法改正を問う国民投票がいよいよ実現なるかという情勢下で、母が末期の大腸癌であると判明する。多忙な仕事にできるだけ脳のリソースを割きたいにもかかわらず、母のことや母の病気をきっかけに復活した家族との関係のことで、考えなければならない、感じざるを得ないことがどっと増えてしまい願いは叶わない。いわゆる「ワーク・ライフ・バランス」の均衡が崩れた瞬間を切り取っています。

男性アナウンサーの仕事が、当事者の内面込みで濃密に記述されている点も醍醐味《だいごみ》です。できるだけ主観を出さず、感情の揺れを表に漏らさずに、何事に対しても中立で両論併記を心がける。そんなアナウンサーとしての本分が素の彼の人格に染み込んでいる、ある種の職業病小説として読むこともできる。純文学のフィールドで発表されたこともあり、エンタメ的な物語の起伏は少ない代わりに、多義的に解釈できるディテールが詰め込まれています。

タイトルが秀逸です。「彼は本当は優しい」と看板に掲げられていることで、「彼は優しいか？」というクエスチョンが読み手に宿るんです。その答えは、本作に登場する他の諸問題と同様、簡単に白黒付けられないグラデーションの中にある。ただ、指摘しておきたい場面があります。二〇三ページ、病床で「死にたい」と言う母の気持ちを想像する場面です。この想像をできる人が、優しくないはずがない。と同時に、一般的に合理性は優しさから程遠いものだと思われています。でも、それは違うんじゃないか。本当に合理的に思考すれば、人は自然と優しくなれる。

デビュー作には全てが宿ると言われます。優しさを巡る思考は、確かに、著者のその後の作品と強く共鳴しているように思うのです。

4. 彩瀬まる「わたれない」

『川のほとりで羽化するぼくら』（二〇二一年八月刊、ＫＡＤＯＫＡＷＡ）収録の一編。全四話の、第一話に当たります。

主人公の暁彦は退職をきっかけに、妻の咲喜のかわりに家事と育児を引き受け、主夫になることを決断します。戸惑いばかりの毎日を支えてくれたのは、コウティペンギンと名乗る人物の育児ブログでした。副業で始めた人形の洋服作りがきっかけで、コウティペンギンとの交流が始まり――。

著者は二〇一三年刊のデビュー単行本『あのひとは蜘蛛を潰せない』で、母が娘に突きつける「正しさ」の呪いを扱っていました。そのような呪いは、男性にも降りかかっている。例えば、子供は三歳までは母親がべったり育てるべきだという「三歳児神話」はよく知られています。これぞ呪いなんですが、その裏には父親が家計を支えるべきという「大黒柱神話」がある、と指摘したのは男性学の専門家・田中俊之さんです。そうした呪いを、どうぶち破るか。まず大事なことは、呪いが発生する土壌を知ることだと思います。そして、自分も呪いに加担しているのではないか、というセルフチェックを怠らないこと。

ほとんどの読者は、終盤の展開を前にアッと驚かされるはずです。それは、自分の中に固定観念――呪いの土壌が存在している証でもあります。その驚きを、大事にしてほしいなと思います。ちなみに、原典に当たってみると、他の短編とのギャップに度肝を抜かれること間違いなし。オススメです。

5．小山健『ｏｓａｋａ．ｓｏｒａ』

同名コミックス（二〇一六年六月刊、キノブックス）収録の二ページ漫画八〇本＋αから一六本、筆者がセレクトしました。著者の代表作と言えば手塚治虫文化賞短編賞を受賞した『生理ちゃん』ですが、裏ベストと称すべき傑作です。

大阪の出版社で働く三〇歳同い年の山形さんとハナちゃんが、隣り合うデスクで仕事しながら他愛ないおしゃべりをする。それだけです。会話の中では時おり、本や雑誌の企画をしてデザインもして営業もして記事も書く、編集プロダクション寄りの出版社ならではの仕事のしんどさが顔を出します。でも、基本的にはずっと楽しい。リモートワークの推奨で状況は変わってきましたが、就労時間を鑑みると、仕事仲間は家族以上に長くおしゃべりする相手です。その相手が、こんなにも気心の知れた相手だったらどんなに幸せか。新聞のサラリーマン四コマや超長期連載『ＯＬ進化論』（秋月りす）など、仕事の現場で発生する断片的なきらめきを、断片のまま切り取って差し出すことができるのは、定型コマ漫画の専売特許です。断片が積み上がっていくグループ感、その結果生じるテーマのぶ厚い感触は、小説ではなかなか表現できません。編集者からの依頼は「お仕事小説アンソロジー」だったのですが、代わりが利かない作品であるため、どうしても入れたかった。この仕事を、この職場を選んだから山形さんとハナちゃんは出会えたわけです。選んでいなければきっと出会えなかったし、ここまで仲良くなることはまずなかったと考えると、仕事ってすごいです。読んだ後は束の間であれ幻想であれ、「仕事、最高！」と感じていただけるのではないかと思います。

以上、収録した五作について個別に記してきました。願わくは、本書を読み通した時に「仕事とは？」「仕事は人生にとってどんな意味があるのか？」について、心の中に何かしらの言葉がうごめいているようであれば、編者を務めた甲斐《かい》があったなと思います。そして、本書がそれぞれの作家・漫画家の本を手に取るきっかけになるならば本当に嬉しい。いついかなる時代も、本はあなたの最良の話し相手です。

本書は角川文庫オリジナルアンソロジーです。

僕《ぼく》たちの月曜日《げつようび》

彩瀬《あやせ》まる／一穂《いちほ》ミチ／小山《こやま》 健《けん》／
夏川草介《なつかわそうすけ》／古市憲寿《ふるいちのりとし》
吉田大助《よしだだいすけ》＝編

令和5年 1月25日 初版発行

発行者●山下直久

発行●株式会社KADOKAWA
〒102-8177 東京都千代田区富士見2-13-3
電話 0570-002-301（ナビダイヤル）

角川文庫 23500

印刷所●株式会社暁印刷
製本所●本間製本株式会社

表紙画●和田三造

●お問い合わせ
https://www.kadokawa.co.jp/（「お問い合わせ」へお進みください）
※内容によっては、お答えできない場合があります。
※サポートは日本国内のみとさせていただきます。
※Japanese text only

ISBN 978-4-04-113219-7 C0193

JASRAC 出 2208998-201

◇◇◇

角川文庫発刊に際して

角川源義

第二次世界大戦の敗北は、軍事力の敗北であった以上に、私たちの若い文化力の敗退であった。私たちの文化が戦争に対して如何に無力であり、単なるあだ花に過ぎなかったかを、私たちは身を以て体験し痛感した。西洋近代文化の摂取にとって、明治以後八十年の歳月は決して短かすぎたとは言えない。にもかかわらず、近代文化の伝統を確立し、自由な批判と柔軟な良識に富む文化層として自らを形成することに私たちは失敗して来た。そしてこれは、各層への文化の普及滲透を任務とする出版人の責任でもあった。

一九四五年以来、私たちは再び振出しに戻り、第一歩から踏み出すことを余儀なくされた。これは大きな不幸ではあるが、反面、これまでの混沌・未熟・歪曲の中にあった我が国の文化に秩序と確たる基礎を齎らすためには絶好の機会でもある。角川書店は、このような祖国の文化的危機にあたり、微力をも顧みず再建の礎石たるべき抱負と決意とをもって出発したが、ここに創立以来の念願を果すべく角川文庫を発刊する。これまで刊行されたあらゆる全集叢書文庫類の長所と短所とを検討し、古今東西の不朽の典籍を、良心的編集のもとに、廉価に、そして書架にふさわしい美本として、多くのひとびとに提供しようとする。しかし私たちは徒らに百科全書的な知識のジレッタントを作ることを目的とせず、あくまで祖国の文化に秩序と再建への道を示し、この文庫を角川書店の栄ある事業として、今後永久に継続発展せしめ、学芸と教養との殿堂として大成せんことを期したい。多くの読書子の愛情ある忠言と支持とによって、この希望と抱負とを完遂せしめられんことを願う。

一九四九年五月三日